間諜教室 01

「花園」百合

Kadokawa
Fantastic Novels

百鬼
code name

花園
code name

少女任務執行中

間諜教室

SPY ROOM

「花園」百合

01

竹町

illustration

トマリ

Kadokawa Fantastic Novels

彩頁、內文插畫／トマリ
槍械設定協助／アサウラ

SPY ROOM

the room is a specialized institution of mission impossible

code name hanazono

CONTENTS

間諜隨時都在說謊——

SPY ROOM

序章　特別任務

the room is a specialized institution of mission impossible
code name hanazono

基德來到了某個男人的房間前。

在迪恩共和國的間諜團隊「火焰」裡，一向都是由基德負責和那個男人打交道。「火焰」中雖然盡是奇人，然而那個男人格外我行我素，因此聯絡一事便全權交給相對擁有正常感性的基德。

說起來，這也理所當然——基德嘆口氣心想。

畢竟撿到這男人的是我。

照顧身為孤兒的幼小少年，將他培養成一流的間諜。

只不過，基德萬萬沒想到，男人竟會成長為如此棘手的人物。

男人一早就把自己關在房裡。不吃早餐、午餐，連廁所也不去，沒有踏出自己房間半步。

他到底在搞什麼？傻眼的基德敲了敲門。過了五秒還是沒有回應，於是他不再敲門，直接將門打開。

見到整個房間面目全非，基德不禁愕然。

白色壁紙和紅色地毯的美麗寢室——如今染成一片鮮紅。

鮮血般的東西濺滿整個房間，弄髒了床和衣櫃，簡直就是殺人現場。就連已經習慣死人的基德，也差點發出尖叫聲。陽炎宮——命名為此的美麗洋房一室，淪為如此淒慘的模樣。

房間中央擺了一幅巨大的畫布，男人站立在畫布前。

男人神情陶醉地凝視著畫。

「好極了——」

他敲打似的揮動畫筆，顏料濺到畫布、地毯，以及基德臉上。然後，他像是察覺到什麼，「嗯？」地回過頭。

「……師父，找我有事嗎？」

「我才想問你是怎麼回事。」

「我突然很想畫畫。師父，你現在可以去幫我買不夠的顏料嗎？」

「……你這傢伙，不准這麼自然地使喚師父。」

我可是來找你談嚴肅的話題，少給我裝傻。基德沒好氣地說。

不過，如果是這個男人，有可能是自然表現出來的態度，而非裝傻。

「我有一件特別任務要給你。你從明天開始離開團隊，單獨行動。」

「特別……？」

基德說明任務的詳情。在說明的過程中，男人的臉色漸漸變了。那是嚴苛到如果是一般間諜，八成會當場動怒的命令。就連實力堅強的基德也會斷然拒絕。那項命令根本是在宣告「去白白送死吧」。

「就算是你，成功機率恐怕也不到一成。一旦失敗就會沒命。你辦得到嗎？」

「我願意接受——既然是師父的命令。」

即刻回答。

已經有被拒絕的心理準備的基德啞然無言。

男人再次揮舞畫筆，將紅色胡亂塗抹在畫布上。點點頭說「今天就到此為止吧」後，他望著基德的眼睛開口。

「師父，為了以防萬一，我先留下遺言。我能夠有今天，都是託你的福。是你把我這個孤兒撿回來，培養成間諜。我對錄用我的老大同樣感激不盡，即使說我深愛著『火焰』的成員也不為過。我雖然沒有家人，但是把大家都當成家人看待。然後，每個家人都有朋友、戀人、親人，若那些人的集合體就是國家，那麼我果然也深愛著這個國家。」

「你不會想逃跑嗎……？」

「一點都不。」

基德吐了口氣。要是男人當場拒絕，自己的心情不曉得會有多輕鬆。

「吶，笨徒弟，這件任務結束之後，你就自稱某個稱號吧。」

「間諜怎麼可以自報名號呢？」

男人難得做出有道理的反駁，但基德不予理會，逕自說道：

「『世界最強的間諜』。」

幼稚的命名。

可是，對方似乎意外地喜歡。

「好極了——」

他好像立刻就要出發了。只見男人收拾好畫筆，就重新換上西裝，把武器藏進衣服裡。內藏絞殺用鐵絲的手錶、附錄音功能的鋼筆、衣領內藏有剃刀、袖子部分則暗藏著長針。

對著不到五分鐘就準備完畢的男人，基德開口：

「路上小心。」

男人瞪大雙眼，似乎對基德平常不會說的這句話感到困惑。

「——我走了。」

頓了片刻後，男人有些害羞地泛起微笑。

1章 威脅

the room is a specialized institution of mission impossible
code name hanazono

世界上充滿著痛苦——

歷史上最大規模的戰爭，遺留給世界毫無道理的痛苦，以及血淋淋的傷痕。被稱為世界大戰的戰爭雖然在加爾迦多帝國的投降下結束，戰勝國方的死傷人數卻也超過一千萬人，因此實質上是一場沒有贏家的戰爭。

死傷者多半是老百姓——這也是世界大戰的特徵。

如今已經不是用劍或弓打仗的時代。

在科學技術進步的時代，每一樣武器的殺傷力都和舊時代大相逕庭。衝鋒槍、毒氣、戰鬥機、對人地雷——老實說，殺死太多人了。尤其是彼此都失去理性的大戰尾聲，各地都發生不分青紅皂白的虐殺。而被虐殺的對象，是手無縛雞之力的婦孺。

戰爭結束後，目睹慘狀的全世界的政治家們認知到一件事。

那就是——戰爭的ＣＰ值太低了。

歸根究柢，戰爭不過是一種外交手段。

如果有其他替代手段就毋須發動戰爭。

想要取得石油的開採權，沒有必要派出戰車，欺騙敵國的政治家締結條約更有效率。手段應有盡有。可以挾持家人威脅對方、可以用金錢誘惑和協助逃亡加以收買，也可以利用女色使其言聽計從。只要讓礙眼的政治家因為醜聞失勢下台就好，只要將其暗殺就好。比起打會失去好幾百萬國民的戰爭，這麼做要有效率多了。

和平之類的只要表面上做做樣子即可。

世界各地紛紛簽訂和平條約，成立以和平為信條的國際組織。在首次會議上，世界各國的首腦並排而站，笑瞇瞇地互相握手致意。

於是，「光明戰爭」就此告終。

現代所上演的，是間諜們的情報戰——「影子戰爭」。

迪恩共和國是世界大戰的受害國。

原本是一個和戰爭無緣的農業國家。工業革命時也沒有跟上工業化的浪潮，持續生產優質的農作物。既沒有足以拓展殖民地的國力，也沒有值得他國侵略的資源。可是當時，由於和企圖步步掌控全世界的加爾迦多帝國相鄰，因而受到單方面的侵略，造成許多傷亡。

大戰結束後，國家政策儘管沒有偏離以往的和平主義，卻為了贏得「影子戰爭」開始致力於間諜教育。

花費十年歲月，在全國各地設立間諜培育機關。

全國多達好幾百的人才挖掘者，四處找尋有資質的孩子，將其送進培育學校。然後，毫不留情地進行篩選，彷彿不成熟的間諜便是邪惡。培育學校每三個月就會進行嚴格的考試，縮減畢業人數。至於畢業考的嚴苛程度，更是有人會因此喪失性命——

「咦？我要畢業了？可是我沒有參加考試耶。太棒啦啦啦啦啦！」

這一天，出現了一個例外。

培育學校的校長看著叫來自己辦公室的少女，大大地嘆息。

「是暫時畢業啦。不是真的畢業。」

「可是，就快被淘汰的我，即將以獨當一面的間諜身分開始工作了對吧！」

「這個嘛，話是這麼說沒錯……」

到底為什麼會是這名少女呢？校長看著手邊的文件心想。

假名是百合，十七歲。屢屢在筆試中獲得好成績，並且擁有某種特異體質。可是，她的實地測驗評價卻差得離譜。一再犯下嚴重錯誤，持續穩坐險些遭到淘汰的末位。負責教官還篤定地說，下次考試，她恐怕就會被退學了。

難道是外表獲得好評嗎？校長重新觀察眼前的百合。亮麗的銀髮和可愛的娃娃臉，即使被衣服遮蓋仍存在感強烈的豐滿胸部。雖然十七歲還太年輕了，不過也有許多男人就愛這年齡的少女。吸引、迷惑男人的存在──換句話說，是進行美人計的要員。

「……妳擅長色誘嗎？」

「咦？什、什摸～～！不行啦！我最怕色瞇瞇的事了！」

「以女間諜來說，這是致命的弱點呢……」

「就算您這麼說，我也……咦！難不成，我的任務是……」

「不是啦。」

「什麼嘛，真是太好了～」百合一臉放心地撫著胸口。

校長再次嘆了口氣。

對方是知道這個慘狀，還執意選擇百合嗎？

「不是的意思，是指我還不知道詳情。」校長以威嚴十足的眼神瞪視百合。「妳知道什麼是『不可能任務』嗎？」

百合伸手觸碰嘴邊。

「呃～我記得，那是同胞曾經失敗的任務的通稱？」

「沒錯。」校長彈響手指。「間諜和軍人失敗過的任務，或是其難度被判斷為不可能達成的任務——便是『不可能任務』。」

「是……」

「然後，聽說有一支專門執行那種『不可能任務』的團隊成立了喔。」

「咦？」百合瞪圓雙眼。

帶著對那份驚愕表示同意的含意，校長頷首。即使是她，也覺得此舉實在太瘋狂了。

倘若要再度挑戰曾經失敗的任務，難度將會大幅攀升。因為目標會心生警戒，並且無法使用已經用過的手段。第一次的失敗也會使得情報外洩。

不要對不可能任務出手——那是這個世界的常識。

專門執行那種任務的團隊簡直前所未聞。

「名字是『燈火』——那就是妳之後要隸屬的團隊。」

百合的表情變得僵硬。

校長壓低音調說道：

「我就直說了，妳確實具有可能性。無與倫比的美貌、那副特異體質，以及真誠的上課態度，妳將來或許大有可為。」

「呵呵呵，好久沒有人這樣稱讚我了。」

「反過來說，妳也只有這些優點。」

「…………」

「快被淘汰的吊車尾──這是這所學校給妳的評價。沒有惡意也沒有怠慢，由優秀教職員做出的判斷是──『妳沒有成為間諜的能力』。實在很難想像妳能夠完成超高難度的任務。聽說，不可能任務連一流間諜的成功率都不到一成，死亡率更是超過九成。」

「死亡率九成……」

「百合，這樣妳還是要去『燈火』嗎？」

會擔心是理所當然。因為實際上，她老是犯錯。

在一個月前的考試中，她在目標面前弄掉了槍。

在四個月前的考試中，她迷了路，趕在時限最後一刻才完成測驗。

在七個月前的考試中，她把偷出來的密碼沖進了馬桶。

每次考試，她都是勉強低空飛過。

校長心中甚至有股罪惡感。

她心想──我這麼做，該不會只是把少女逼上死路吧？

「……校長，您這麼說是出於善意對吧？」

百合垂下視線。

「啊哈哈，正因為如此才更教人心痛。我的心好像快被捏碎了……」

「我不想害死自己的學生。」

當然，校長沒有決定權。百合的任命，是比培育機關更高階的機關所下的決定。

只不過，如果她本人拒絕，就還有稍加考慮的餘地——

「我要去『燈火』。我絕對不會做出逃避的行為。」

少女挺起胸膛說：

「代號『花園』，會抱著必死決心赴任！」

那雙眼中蘊含著堅定的決心。

既然她有那份決心，應該就沒問題吧。校長如此認同。

「才怪～我才沒有什麼必死的決心呢♪」

百合吐了吐舌頭。

在宿舍的焚化爐旁，她開心地不停自言自語。她接連把私人物品扔進爐內，消除自己在籍的痕跡。一面眺望煤煙自培育學校所在的山上冉冉升起，她得意地挺起胸膛。

「這是很簡單的推理。專門執行不可能任務的超人團隊，肯定聚集了一群菁英，因此比起平凡團隊反而來得安全。這下真的要飛黃騰達啦！哎呀～就算隱藏起來，才能還是會被發現呢～嗯呵，果然識貨的人就是識貨啊。」

學生們眾所周知，這名少女的性格相當糟糕。

完全不在意校長的擔憂，她單單只為了能夠暫時畢業而興高采烈，忙著處理不需要的東西。

能夠成為菁英團隊的一員！

而且，還能領到優渥的薪水！

這些好處令百合欣喜若狂，一邊歡呼「耶～！燃燒吧，青春！」一邊把筆記本和考卷猛塞進爐裡焚燒。住了八年的宿舍房間裡，垃圾堆積如山。

就在垃圾桶終於快要清空時，某份文件忽然映入眼簾。

『考量到學生人數和未來成長的可能性，本次予以合格。』

壓在垃圾桶最底部的通知書——

她默默地撕破通知書，投進焚化爐。

連續投入十張相同的文件。

擁有未來成長的可能性——他人一直對百合這麼說。因為自然而然具備的才能，百合才得以繼續留在這所學校。可是，這份才能何時才會綻放呢？

究竟得忍受當凡人多少年？

究竟得忍耐多少次的輕蔑？

「儘管如此，我也一定要成功……」

將在這所學校嚐到的苦澀全部燒燬。

「我要在菁英集團讓自己的才能綻放。再見了，我的母校！」

打掃完宿舍房間後，她離開培育學校。很遺憾的，她並沒有時間向同輩道別。同輩見到空蕩蕩的房間，肯定會這麼想吧——啊啊，那個蠢材終於退學了。

轉搭坐不慣的公車和火車一整天——

她抵達一座港口城市。這裡是迪恩共和國內人口第三多的都市，距離首都並不遠，因作為與外國聯繫的大門而繁榮。走下火車，見到櫛比鱗次的紅磚建築，她不由得驚嘆。

閃過推銷花卉和報紙的小販，百合來到指定的建築物前。

在白領階級的都市勞工往來穿梭的街道上，有一棟夾在鐘錶店和油漆行之間的兩層樓建築。招牌上寫著「佳瑪斯宗教學校」。訪客入口處有一個似乎是櫃檯人員的男人正在吞雲吐霧。百合鼓起勇氣走進去，告訴男人「我是超讚的轉學生」後，男人瞬間瞇起雙眼，隨後便用大拇指比著後方說「在裡面」。

喔喔，好有間諜的感覺喔。百合佩服地心想。

百合名義上被要求自稱是虛構的宗教學校學生。她也已經收到身分證和制服了。

櫃檯人員所指的房間是倉庫，裡面堆了大量的木箱。搬開木箱後，眼前出現一道和地下通道相連的階梯。沿著光線不足的地下通道走了一會兒，視野頓時開闊起來。

那是一幢巨大的洋房。

堪稱是貴族居住的宮殿般的豪宅。

百合不禁目瞪口呆。

城裡究竟哪裡有這麼大的空間啊？建築和建築如城牆般並排，覆蓋了視野。即使是長年居住在城裡的人，恐怕也不曉得這棟洋房的存在。

（「燈火」的各位就是在這裡……）百合忍不住嚥了口水。（真不愧是完成不可能任務的菁英間諜的根據地。）

究竟會是什麼樣的天才在等著我呢？

儘管心情有些忐忑，可以的話，還是希望成員們非常優秀。否則，誰要來讓我的才能覺醒呢？

壓抑住高聲鼓動的心跳，百合打開洋房的門。

「代號『花園』，抵達！」

一點都不像個間諜，大大方方地報上名號。

好了，出來吧，菁英們。
她以充滿期待和緊張的眼神望向前方。
「奇怪……？」
百合歪了歪頭。
洋房的玄關處——在那裡的，是六名和百合年紀相仿的少女。
她們抱著大大的旅行袋，將視線轉向訪客。看樣子，她們也才剛抵達。她們身上穿著和百合一樣被分配到的學生服。
「喂，我說妳。」
其中一名白髮少女瞪了過來。
那名少女有著一頭短髮，渾身散發凜然氣息。她的眼尾上吊，朝這邊投以扎人的銳利目光。再加上她結實的身材，實在氣勢十足。
「告訴我妳在培育機關的成績。」
「咦……呃，請問『燈火』的各位在哪裡？」
「先回答我的問題。不准隨便扯謊喔。」
咦？為什麼突然盤問我？這是面試嗎？
對方凌厲的目光，使得百合反射性地脫口而出。

「老、老實說，我是吊車尾的——」

玄關響起一道陰森的聲音，打斷她的回答。

是時鐘。

掛在正面的鐘擺時鐘，發出響徹整棟宅邸的聲音。

往鐘面一看，時間來到了六點。

事前被告知的集合時間到了。

「——好極了。」

七名少女同時抬頭。

不知不覺間，一名身穿西裝的人物出現在玄關正面的大階梯上。

由於那人的頭髮長度接近肩膀，並且肌膚白皙，乍看會以為是一名女性，然而見到那副毫無贅肉的纖細高挑身材，才終於得以判斷是個男人。那名男性的長相十分俊美，可是一察覺他的美麗是成立在排除掉所有多餘之物上，那副凍結般的面無表情就讓人有種毛骨悚然的感覺。彷彿他只要把頭髮梳整，整個人就會融入街景消失一般。

只不過，不知為何，他的西裝染上了鮮紅色的汙漬，像是被血濺到似的。

「歡迎來到陽炎宮。我是『燈火』的老大，名叫克勞斯。」

陽炎宮——似乎是這棟建築的名字。

男人站在階梯上，繼續說明：

「歡迎妳們來，一路上辛苦各位了。我和妳們七人就是『燈火』的所有成員。我們將以這個陣容挑戰不可能任務。」

「咦？」百合反問。

「任務將在一個月後執行。在那之前，會由我來好好地訓練各位……不過，歷經長途跋涉，今天妳們應該都累了。訓練從明天開始，今天妳們就先跟同伴培養感情吧。」

克勞斯說完，就轉身消失在宅邸深處。

瞠目結舌。

那個男人剛才說什麼？

「燈火」的成員就只有一個男人和少女？

距離執行不可能任務只剩一個月？

「那個男人究竟有什麼目的啊？」

方才那個神情凜然的白髮少女嘀咕。

「居然聚集一群像我們這樣的問題兒童，要去執行什麼不可能任務。」

聽見落井下石似的情報，百合瞪大雙眼。

白髮少女嚴肅地點頭。

「是啊，沒有錯。我們七個人——全都是在培育學校吊車尾的學生。」

震驚到一時發不出聲。

僅憑年紀輕輕的七名少女。

以及那個神祕的男人。

就要去挑戰死亡率九成的超高難度任務——

由於克勞斯什麼也沒說明就離開了，少女們於是擅自在宅邸內探索。

陽炎宮的內部裝潢非常豪奢。

建築內鋪滿紅色地毯，交誼廳裡擺放了好幾張皮革沙發。廚房的餐具櫃裡擺滿高級餐具，還設置了最新型的瓦斯爐。地下還有大浴場和遊戲室。

最後她們來到大廳，發現了訊息。

牆壁上有一塊大黑板，上面寫了文字。圓滾滾的字體像是出自女性之手，不讓人覺得是克勞斯寫的。

「陽炎宮共同生活守則」。

上面詳細記載著在這裡生活應遵守的規範。

「咦？我們從今天開始可以住在這裡嗎？」

百合發出歡呼。

其他少女也「喔喔」地驚嘆。

黑板上寫了可以自由使用的房間和出入宅邸的方法。邊點頭邊往下看，最後兩條卻讓人一頭霧水。只有這兩條守則的字跡十分潦草。

「守則㉖　七人合力生活」。

「守則㉗　外出時要拿出真本事」。

少女們的頭上浮現問號。

前者感覺相當孩子氣，後者則是意義不明。

全員絞盡腦汁想了又想，還是想不出答案。

這時，白髮少女發現桌上擺了一個信封。

「喔，裡面有錢耶。總之，我們來開個聯誼會如何？」

她所找到的信封裡，裝了過度充裕的生活資金。

因為機會難得，七名少女便開始一起準備晚餐。她們所有人一起去購買食材，一人一道菜地著手準備。洋房的烹飪器具每一樣都是高級貨。並非完好的全新品，而是使用過一段時間。

少女們受過女間諜的訓練，大致上都會做家事。一轉眼，晚餐就準備好了。

以料理和蘋果汁乾杯，少女們坦率地交談。

然後，她們很快就打成一片。

其中一名少女說起自己在培育學校的悲慘遭遇後，別的少女隨即拍手表示同感。話題一熱絡起來，又有其他少女以自虐的口吻，打趣地說「我的學校更慘呢」。對話就這麼一個又一個地展開，沒有中斷。

是因為大家都是吊車尾的學生嗎？百合暗自分析。

雖然少女之中也有人不認為自己的成績很差，但總之所有人都各有麻煩是事實。

儘管出身地、培育學校、年齡都各不相同，卻自然而然地互相投合。

除了同樣有著坎坷的遭遇，豪華洋房也同樣讓人飄飄然。培育學校裡紀律嚴格，不是可以放鬆用餐的環境。菜色也很樸素，大半都是用蔬菜剩料和沒什麼瘦肉的肉做成的料理。

「在培育學校裡都不知道呢。」百合將果汁吞下肚。「原來間諜的生活這麼奢華啊，和想像中完全不一樣。」

「就是啊！好像每天都能過著天堂般的生活呢。」

白髮少女面露笑容。順道一提，她今年十七歲，和百合同年。

已經徹底打成一片的兩人，「耶～！」地彼此擊掌歡呼。

然而另一方面，也有少女冷靜地看待現狀。

「小妹覺得太奇怪了。」

那是一名有著微捲褐髮的少女。

她的神情怯懦，年紀是比較小的十五歲。她低著頭，將眉毛皺成八字形，不停地在身體前方摩擦扭動手指，宛如一隻害怕野獸的小動物。雙眼濕潤，好像隨時都快哭出來。

「這棟洋房，直到不久前一定都還有人在這裡生活。」

「嗯，那又如何？有歷史不是很好嗎？」

「那些居住者消失到哪裡去了……？這個團隊果然很奇怪，居然想光靠小妹這種劣等生，去完成不可能任務。」

「嗯～？這一點確實令人在意，不過應該明天就會告訴我們吧。」

白髮少女用雞肉塞滿整張嘴，似乎打算就此結束話題。

可是褐髮少女似乎還是無法接受。她沮喪地垂下視線。

「情況確實和想像中不太一樣呢。」

百合開口打圓場。
「不過，這樣簡直棒透了。」
其他少女同時將視線集中在她身上。
百合注視著掛在天花板上的水晶吊燈，以樂觀的語氣說道：
「妳們想想看嘛，若是能夠在這樣的豪宅裡，一群女孩子一起享用三餐、進行訓練、為了任務四處奔波、洗澡、吃飯、玩桌上遊戲、偶爾出去夜遊，並且成為表現活躍亮眼的間諜——那真是再完美不過了。」
「妳一共吃了四餐耶。」白髮少女吐嘈。
「哎呀，多吃一點不會怎樣。」
「不過願望本身倒是還不賴啦。」
白髮少女沒有對百合的願望提出反對意見。
說不定，她們所有人都有相同的想法。
「有一個方法可以實現那份美好的奢望。」
另外一名少女插嘴發言。
那是一名擁有黑色直長髮的少女。她今年十八歲，是少女之中年紀最長的。引人注目的完美身材比例，以及令人眩目的美麗容貌。這樣的一名美少女，臉上泛起更加突顯其美貌的優雅笑容。

「只要我們大家一起達成任務就好啦！」

莫名有股班長風範的她一說完，在場所有人無不表示贊同。

而那也自然而然成為解散的信號。

少女們以猜拳決定由誰來收拾，之後就紛紛返回自己分配到的房間。陽炎宮裡有很多房間，少女們每個人都有自己專屬的寢室。

真是遇到了一群好夥伴耶。如此心想的百合，心滿意足地朝自己房間走去。途中，一名表情悶悶不樂的少女出現在視野中。

是剛才表達出內心不安、個性膽怯的褐髮少女。

「……妳還是覺得不安嗎？」

百合帶著微笑這麼一問，褐髮少女微微點頭。

「雖然很難為情，不過確實如此……」她的聲音細小，臉上肌肉緊繃僵硬。「那個，小妹想順便請問一下，百合小姐妳有地方可以逃跑嗎？」

「逃跑？」

「就是在挑戰不可能任務之前逃跑啊。」

「唔～很遺憾，我沒有親人，也沒有家人可以投靠。」

「嗚嗚……學校已經宣布小妹暫時畢業……這下一籌莫展了……」

看樣子，她好像也沒有親人。

間諜培育學校的學生，很多人都因為遭逢意外或不幸而父母雙亡。要不是有那種遭遇，大概很少人會決心成為辛苦的情報員吧。

「妳擔心太多了啦。」

百合堆起滿面笑容，想要鼓舞同伴。

「話說回來，克勞斯先生也沒有理由在毫無勝算的情況下，聚集一群吊車尾的學生。因為，如果部下是廢物，到時有危險的是他自己呀。明天開始，他就會以完美的教學訓練我們了啦。」

「訓練到能夠達成不、不可能任務的程度……？」

「那當然！那個氣場超強的人，肯定會以非常厲害的教學方式，讓我們身上隱藏的才能覺醒過來。」

這並非毫無根據的鼓勵。

他渾身所散發出來的氣勢，確實遠遠凌駕培育機關的教官。恐怕是栽培方面的天才吧。既然他聚集了一群吊車尾學生來挑戰不可能任務，那麼想必他應該有相當的自信。

「……說得也是喔。」

褐髮少女的表情變得柔和起來。

「謝謝妳，小妹的心情平靜多了。看來今晚應該可以睡個好覺！」

「不客氣。那麼，為了迎接明天起的訓練，祝妳一夜好眠！」

百合微微揮手道晚安。

她當然也會不安。就憑現在的這些成員，無法達成不可能任務。雖然還不知道任務的詳情，不過差點就要被淘汰的少女肯定無法克服九成的死亡率。

因此，克勞斯將會打破這個現狀——她如此深信著。

造訪陽炎宮的第二天。

少女們在大廳等了一會兒，克勞斯出現了。他換下昨天沾染紅漬的衣服，一身整潔的褲裝打扮。再加上他本人俊美的容貌，百合不禁瞬間對他看得入迷。

「早安，老大。」百合為了掩飾自己猛烈的心跳，出聲打招呼。

「那個稱呼讓人渾身不舒服。」克勞斯蹙起眉頭。「不要叫我老大。叫我老師，或是克勞斯。」

「是……那麼，我就稱呼你為老師。」

「無妨。那麼，我們就開始『燈火』的會議吧。」

大廳裡，沙發排成了ㄈ字形。坐在沙發上等候的少女們繃緊神經。

克勞斯以十分我行我素的態度開口：

「我來說明一下，『燈火』是一支以達成不可能任務為目的的臨時團隊。任務是潛入加爾迦多帝國的研究設施。詳情日後會再說明，總之目的就是要把設施內的某樣東西偷出來。這項任務之所以被稱為不可能任務，是因為上個月執行這項任務的間諜團隊失敗了。全員死亡，沒有帶回任何情報。」

少女之中的某人發出「全員死亡……」的呻吟。

克勞斯點頭。

「我們將在一個月後出發，執行潛入研究設施的任務。時間非常緊迫。」

再次聽聞任務的內容，百合頓時感到雙腳發冷。

我們這群吊車尾的人，即將挑戰連一流間諜都未能完成的任務。光是聽到這一點，就覺得簡直是在胡鬧。

「不用擔心。」

克勞斯語調溫柔地說。

「如妳們所見，我是『世界上最強的間諜』。世上沒有比我更優秀的間諜了。只要上完我的課，什麼不可能任務也等同兒戲。」

他似乎對於教育學生很有自信。

一副不知不安為何物、落落大方的態度。

「呃，就算你說『如妳們所見』，我還是看不出來啊。」

白髮少女凜然地發表意見。她絲毫不畏懼克勞斯的宣言，尖銳地予以反駁。

克勞斯深深地點頭。

「既然如此，那妳們就上過我的課後再下評論吧。」

他從擺在大廳裡的木箱中，取出好幾把掛鎖，然後一個一個地將掛鎖扔給學生們。

「這是過去帝國的軍事設施所使用的鎖頭。潛入時必須要有解鎖的技能。」

百合觀察接到的掛鎖。

那個鎖比一般市面上流通的來得更大、更重。

「打開這個鎖。限時一分鐘。」

即席測驗！

連反應的時間也沒有，百合趕緊從口袋取出開鎖工具。但是，她一把工具插進鎖內部就明白了——這是有加裝防盜功能的特製品，甚至不曉得應該對齊的切線是如何排列。

要在一分鐘內解開這種東西根本不可能，百合嘆氣心想。

就在她汗流浹背地嘗試時，時間已經過了。

「時間到。」

克勞斯宣布。

回頭望去，只有一人成功，其餘六人都和百合一樣開鎖失敗。

但是，開不了這種鎖很正常。

就連在培育學校，都沒見過構造如此複雜的掛鎖。

克勞斯將沒有打開的掛鎖收回。

「只有一人成功啊。不用放在心上，這樣的結果在我的預料範圍內。」

「唔！」白髮少女面紅耳赤。「說這種話的你，有辦法打開嗎？」

「懷疑的話，那妳就看仔細了。」

下個瞬間，克勞斯將六把掛鎖往上一拋。

「鎖要像這樣——巧妙地打開。」

之後發生的事情，百合無法以肉眼確認。

克勞斯揮動了手臂兩三次。

然而，除此之外就什麼也看不見。唯一能夠理解的，是揮動手臂所帶來的結果。

六個被打開的掛鎖掉落在地毯上。

豈止一個一分鐘——根本是六個一秒鐘。

少女之中有人發出「好厲害……」的驚嘆。

百合也愣住了。

程度徹底超越培育機關的教官。有這般高超的技術，無論何種設施都有辦法潛入，將機密文件偷出來。男人出神入化的技巧，讓人能夠如此確信。

這就是第一線間諜的實力——

簡直到了非人的境界。

「我不是說了嗎？世上沒有比我更優秀的間諜了。」

克勞斯證明了他的自信確實有實力掛保證。

百合的雙腿停止顫抖。

——或許值得信賴。

「看到這裡，還有人覺得不安嗎？」

少女們全部搖頭，沒有一個人有異議。少女們全都以充滿羨慕和期待的眼神望著克勞斯。

表情像是在說「好想盡快開始上課」。

這個人果然可以改變我——百合也目瞪口呆地這麼想。

在學生們欣羨的目光下，克勞斯從容不迫地開口：

「好了，關於下一堂課——」

「咦？」

「嗯？」

出現了一段詭異的空檔。

克勞斯露出狐疑的表情，百合也不解地「奇怪？」偏了偏頭。

是我想太多了嗎？剛才，這個老師好像說了奇怪的話。

感覺到可能是自己弄錯了，百合低頭道歉。

「啊，老師，對不起，打斷你上課了。」

「不，有問題儘管說出來。」

「沒關係！請老師繼續解說！我很想快點聽老師說明——」

「已經結束了啊。」

「咦……？」

「只要巧妙地使用開鎖工具就能打開。妳們就是因為手法不夠巧妙才會打不開。以上就是開鎖的解說。」

「「「「「…………………………………………」」」」」

少女們全員陷入深深的沉默。

彼此互望。看來所有人都有相同的感受。

莫非這個男人——

克勞斯似乎也察覺到情況不對勁了。

他一臉不可思議地望向在座所有人。

「……難道妳們無法理解？」

「難道」兩字是我們的台詞才對。

百合對他投以蘊藏著這種心情的目光。

克勞斯雙手抱胸，沉默數秒後開口：

「……我就特別大放送，告訴妳們今後預計要上的課程內容吧。交涉『說得漂亮』篇、戰鬥『總之就是打倒』篇、變裝『意外有效』篇，妳們可以理解嗎？」

「無法。」

「真的嗎？」

「真的。」

「就算把『說得漂亮』改成『像蝴蝶一樣說話』也是？」

「反而更混亂了。」

「原來如此，好極了。」

克勞斯深深頷首，然後「呼」地吁了口氣。

「我第一次有了自覺——看來我很不擅長教學。」

乾脆地吐出荒謬的話之後，他逕自走了開來。他通過錯愕到闔不攏嘴的少女們面前，走到大廳的門前——

「接下來是自習時間。」

留下這句話就離開了。

寂靜。

少女們沉默一陣後察覺到事態，又再度面面相覷，彼此點頭示意後，同時從位子上站起來。

「「「「「等一下啊啊啊啊啊啊啊啊啊！」」」」」

如此放聲吶喊。

大廳內充斥著淒厲的慘叫。

「我到底看到了什麼啊！」「這事小妹覺得一點都不好笑啊！」「我一直很在意，到底是什麼東西『好極了』啦！」「這實在是太慘了……」

少女們會你一言我一語地哀號不是沒有道理。

希望沒了。

吊車尾達成不可能任務的方法消失了。

「這下小妹我們要怎麼挑戰任務啊！」

褐髮少女的表情比平時更加泫然欲泣。

百合也顫抖著雙唇。她總算可以理解自己這群人所處的狀況了。

「燈火」的老大——那個男人超廢。

「糟、糟透了，如果只靠我們自己訓練，獲得相當的實力……」

「可是，問題不單單只是訓練啊。」黑髮少女用手指抵著臉說。那副舉動充滿成熟優雅的氣息。「那個人是教官兼老大。換句話說，到時指揮作戰的也是他吧？」

「呃，也就是說？」

「他有辦法正常地下達指示嗎？他搞不好會做出『巧妙地從後門潛入』、『像鼴鼠一樣搜索』這樣的命令喔。」

很有可能。

應該說，肯定會是這樣沒錯。

百合感覺到，自己的臉色正逐漸變得慘白。

「這樣哪做得下去啊啊啊啊啊啊啊啊！」

面對前所未有的危機，白髮少女大叫。

彷彿潰堤一般，其他少女們也各自發表起意見。
頓時從天堂跌入地獄。
就這樣，新間諜團隊「燈火」才啟動不到一小時就瓦解了。

百合抱著食材，走在擁擠的人群中。
雖然出來採買了，雙腿卻虛軟無力。她踩著沉重的步伐，緩緩地走回陽炎宮。途中，她好幾次都差點讓馬鈴薯散落一地，不禁深深嘆息。
（我到底為什麼會落到這步田地……？）
結果，克勞斯一直把自己關在房裡，沒有出來。
無可奈何下，少女們只好自己進行開鎖的訓練，但是那種訓練在培育學校就已經做過很多了，實在很難期待有急劇的成長。
如果自學就學得會，這群人也不會吊車尾了。
更不可能達成短短一個月後的不可能任務。
（真是的，到底是哪來的笨蛋說老師會以完美的教學訓練我們啊！這樣下去，不要說讓才能綻放，恐怕連這條小命都會沒了！）

她一邊在心中痛罵，一邊為逼近眼前的現實渾身發抖。

回頭想想，培育學校的校長大概就是在擔心會有這樣的發展吧。

——真的要逃嗎？

同伴提過的想法掠過腦海。

（可是，我又沒有地方可逃……況且——）

要是我自己一人逃走了，其他同伴怎麼辦？

「不過願望本身倒是還不賴。」凜然表示贊同的白髮少女。

「只要我們大家一起達成任務就好啦！」優雅地激勵大家的黑髮少女。

「小妹的心情平靜多了。看來今晚應該可以睡個好覺！」面露懦弱笑容的褐髮少女。

和她們相處的時間，只有一晚。

但是，她們是一群和百合年紀相差無幾，和百合有著相同遭遇的少女。對那樣的同伴見死不救，自己一個人逃走……？

（可是……我又能夠做什麼呢……）

這時，腦中忽然湧現點子。

——唯一的突破口。

不可能成功——她反射性地否定自己的想法。

法。

但是，一度浮現腦中的計畫卻沒那麼輕易消失。隨著時間流逝，她漸漸覺得除此之外別無他法。

就在這個時候——

一個老婦人的聲音從人群中傳來。「搶劫啊！」

百合反射性地回頭。

一名壯碩男子抓著包包，在擁擠人潮中奔跑。他推開路上無數的行人，企圖逃走。而且——逃往百合的方向。

「小鬼！別擋路！」壯碩男子將百合撞開。

被圓木似的粗壯手臂一推，「呀啊！」百合尖叫著滾到路邊。

在此同時，男人已狂奔離去。

「痛死我了……」

百合揉揉臀部，撿起散落一地的馬鈴薯。正當她一個一個地清點，吹著氣把上面的泥土拍掉時，一名頗有氣質的老婦人走了過來。

看樣子，她就是遭人搶劫的受害者。

「小姐，妳沒事吧……？」

「嗯？啊，是的，我沒事。」

老婦人微微地扭曲眉毛。

「看來妳我都不太走運呢。不過算了，光是還留著這條命就很好了。」

「嗯……說得也是。」百合報以笑容。「光是沒丟掉性命就該偷笑了。」

「沒錯、沒錯。」

「只要還活著，就能夠享用美味的食物！」

「小姐，妳的想法真積極正面呢。」

「真是的！居然在人家認真煩惱的時候，隨便來打擾我。應該要感謝我才對喔——為了自己還能保住小命這一點。」

老婦人皺起一張臉。

「嗯？妳在說誰啊？」

「咦？這還用說嗎？當然就是……」

百合泛起淺淺的微笑，用手指著前方。

「——強盜先生。」

在她手指的方向——壯碩男子倒在地上。

老婦人似乎無法理解發生了什麼事。

剛才還到處亂竄的男人，此時已口吐白沫、昏了過去。

就在短短的一瞬間。

「我想一定是他的老毛病突然發作了啦。」

百合走到壯碩男子身旁，偷偷地拔出「針」。然後一把搶過包包，以用來綁頭髮的緞帶將男人拘束起來。之後的事情，待會兒趕來的警察應該會處理。

看著失去意識的壯碩男子，百合輕輕點頭。

（說得也是……畢竟我們是間諜嘛。）

她把包包交給錯愕的老婦人，笑瞇瞇地問道：

「老奶奶，請問這座城市的觀光名勝在哪裡啊？」

只能去做了。

縱使敵人再強大，生存手段就只有一個。

躊躇不前只會白白浪費時間而已。

少女暗地靜靜微笑。

（既然沒有其他方法——那就只好制伏目標了。）

在內心低語之後——

百合悄悄展開行動。

（代號「花園」——狂亂綻放的時間到了。）

克勞斯的寢室位在陽炎宮二樓的邊緣。

陽炎宮裡有著好幾間格外豪華的房間，可是不知為何，克勞斯沒有使用。從房間的配置來推測，他的私人房間應該不是很寬敞。

裡面該不會有特殊的機關吧？擅自做出這樣的想像，百合敲了敲房門。

但是，沒有回應。

反覆敲了好幾次，依然完全沒有回應。

百合不耐煩地打開門一看，克勞斯人就在房間裡。他大概是無視敲門聲的那種人吧。

房間內宛如殺人現場。

紅色液體濺滿整個房間。百合不由得發出慘叫。聞到油味，得知那是大量的顏料後，她才放下心來。

克勞斯坐在畫布前的椅子上，雙手抱胸。

「有什麼事？」他抬起臉。「如妳所見，我正在忙。」

「忙什麼？」

「摸索新的教學方式。」

看起來就只是在畫畫。

但是，他的腳邊堆了大量的書籍，每一本書的書名都有著「教育學」的字樣。他似乎是真的想從錯誤中學習，找出成功之道，而且還相當認真。

那麼，油畫裡是否蘊藏著什麼意義呢？如此心想的百合窺視畫作。整張畫布都被塗滿了紅色。那是一幅由粗野線條連貫而成的抽象畫。

畫布右下角寫著「家人」兩字。

那是畫名嗎？這幅像是顏料垃圾場的畫是「家人」？

這個男人的思考邏輯實在讓人想不通。

「老師，你快想出新的教學方式了嗎？」

「毫無頭緒。」

即刻回答。

百合垂下肩膀。這個男人果然是廢物嗎？

「妳放心，我會在一週內做出結論。在那之前，希望妳們能勤奮地自主鍛鍊。」

怎麼可能等上一星期。執行任務的日子明明就只剩下一個月了。

她嚥下口水，提出建議。

「老師，我有一個點子。」

「什麼點子？」

「你要不要現在出去走走？」

克勞斯的眉間擠出皺褶。

「為什麼要那麼做……？」

「為了轉換心情。」

百合點頭答道。

「人只要待在狹小的房間裡，思緒也會跟著狹隘起來。這種時候，最好的辦法就是去散步！除了埋頭苦幹，轉換心情也很重要喔。」

「我上星期就散步過了。」

「啊，既然如此，那就沒問題了……怎麼可能沒問題啊！」

「妳配合度很高呢。」

克勞斯搖搖頭。

「我很高興妳有這份心……但我就是提不起勁。」

「可是，你就算一整天都待在房間裡，也還是想不出解決辦法，不是嗎？」

「妳很會戳別人的痛處嘛。」

一瞬間，克勞斯瞇起雙眼。

我惹他生氣了嗎？百合緊張得心跳加速，然而克勞斯的表情卻不再產生變化。難道他剛才是在笑？

「走啦！我在街上四處打聽到了名勝景點喔。」

「這樣啊，有什麼樣的名勝？」

「哼哼！我收集到很多呢。比方說，有兩千年前的遺跡出土品的寇特寇博物館、移動遊樂園！」

「沒興趣。其他呢？」

「其他……？呃，各類食品雲集的『楓葉商店街』、傳說有鬼魂出沒的海岸，還有彩色玻璃很漂亮的教堂等等。」

由於克勞斯沒有表現出好奇心，百合於是列舉出不同類型的地點。

「…………」

面對那些提案，克勞斯持續沉默片刻。

「——好極了。」

然後一副心滿意足地交抱雙臂。

「我知道了。不過，現在已經是傍晚了，還是等明天再出門吧。」

望向窗外，天空確實已經染成了橘色。

雖然在今天之內解決是最好的，不過這也沒辦法。要是強迫他，結果惹好不容易答應出門的克勞斯不高興，那就不好了。

「是！那就明天去！」

百合對他露出燦爛的笑容。

第一階段達成。

和「楓葉商店街」這個名稱相反，其坐落的位置並非楓葉繁盛的深山，而是城市的正中央。那裡滿是來自國外的嗜好品和進口商品。

規模之大，在迪恩共和國裡數一數二。尤其假日時，眾多商店裡更是擠滿了人。道路上，攤販櫛比鱗次地排開，空氣中飄散著誘人香氣。香草烤蝦子和馬鈴薯、奶油炒培根和蕈菇、核桃蛋糕……眾多美食令人眼花繚亂。

來到陽炎宮的第三天中午，百合被那幅景象所懾服。

到處都是笑容滿面的人。小孩子一邊舔著棒棒糖一邊牽著父母的手，情侶看著排放在店頭的收音機面露微笑。老人在懷錶店前，像是為其工藝著迷似的頻頻點頭。

在熱鬧非凡的市場前，百合高聲驚呼。

「唔哇啊啊啊！我還是第一次見到這麼多人！真礙事！」

「…………」

「對不起，後半段真心話不小心跑出來了……」

「那個錯誤足以致命。」一旁的克勞斯冷酷地指謫。「說到這裡，其他成員呢？我還以為會有好幾個人一起同行。」

「我有約她們，可是她們說想要自主鍛鍊，拒絕了我。」

這是謊言。其實百合是偷偷溜出來的。

兩人沿著馬路而行。

預定計畫是逛逛攤販，然後前往以美味貝類料理受到好評的餐廳。

途中，遇到攤販販售看似美味的罐頭，於是就買了。雖然也想購入蝦子、螃蟹等海產，但是因為沒有要馬上回去陽炎宮所以作罷，只將那些遺珠筆記下來。

對著一家又一家地逛著攤販的百合，克勞斯開口：

「對了，我記得妳好像出身偏僻地區。妳很少來都市嗎？」

「是的，來這裡實習時真是讓我吃足了苦頭呢。不僅路很難走，我還老是跌倒和迷路。不過，現在我非常習慣了。」

「話雖如此，我看妳現在倒是很興奮的樣子。」

「我是迷路慣了。」

「難怪。」

克勞斯微微點頭，然後改變身體的方向。

「我們要去的餐廳是這個方向。」

看樣子好像已經走錯路了。

一面感受自己羞紅了臉，百合跟在克勞斯身後。

「老師，我有問題。」百合豎起手指說。「請告訴我要怎麼從車站走到這裡。」

「……嗯？從車站朝西南方走，在郵局的轉角往左，葬儀社的轉角往右，之後沿路走一陣子，看到收音機店就往左轉。」

「你明明就會教嘛！」

「這不是理所當然的嗎？雖然因為有緊急工程所以繞了路，不過我還記得要怎麼走。」

「咦？剛才路上有施工標誌嗎？你是怎麼注意到的？」

「不自覺就注意到了。」

「…………」

為何就是無法教導最關鍵的部分呢！

為了這點程度的事情怒吼也無濟於事，百合只好把話吞了回去。

「是憑藉行人的數量嗎……？比方說，路上往來的人數和平常不一樣之類的。」

「喔，經妳這麼一說，或許就是用那種方法吧。」

克勞斯乾脆地表示認同。

他似乎並沒有在隱瞞什麼，只是沒有自覺。

百合低聲嘟噥。

為什麼呢？為什麼會有會教和不會教的內容之別呢？

就在這時——

「呀！」

百合絆倒了。

「要跌倒了！」她忍不住尖叫。

她沒有留意到石板路上的坑洞。

感覺到身體浮起的同時，抱在懷裡的四個罐頭也離了手。

但是，百合的身體在下巴撞擊地面之前靜止了。

「——沒事吧？」

轉頭望去，克勞斯抱住了百合的身體。克勞斯俊美的臉龐近在眼前，察覺到這個事實之後，

百合跟著也發現自己豐滿的胸部正壓在他的手臂上。

「哈呀啊啊！」

百合整個人跳了起來。

全身瞬間發燙。

另一方面，克勞斯則是依舊面無表情。仔細一瞧，連百合拋出去的罐頭，他也全部用單手接住了。他不只是抱住百合，甚至沒讓任何一個罐頭落地。

「姑、姑且不論教學能力，你果然還有其他能力呢，老師……」

她以稱讚來掩飾害羞，克勞斯卻搖搖頭說「這點小事有什麼好稱讚的」，一副感到意外的口氣。

「我先聲明，我已經知道自己不會指導的原因了。」

「是這樣嗎？」

沒有回應百合的驚呼，克勞斯逕自將手中的罐頭高高拋入空中。罐頭旋轉著朝百合落下。

百合以雙手接住那個罐頭。

「你突然間做什麼……？」

「妳是怎麼接住這個罐頭的？」

「呃，當然是把手當成容器接住——」

「那妳的腳是怎麼動的？」

「…………」

即使被這麼問，也回答不出半句話。

腳？我剛才有動腳嗎？

腳移動到了落下地點？在接住時微微蹲下？雖然覺得自己好像瞬間有把重心移到左腳上，卻無法完全確定。

對於這個問題，她只能夠說——

「…………不自覺就動了。」

「那就是我的感覺。」

克勞斯撂下話。

「妳可以陳述『接住罐頭』這個結果，卻無法說明整個行動。」

你在開玩笑吧？百合暗自嘀咕。

可是，從他的眼神可以看出來，他是認真的。

也就是說，克勞斯和百合等人之間——感受力相差太多了。

就好比人無法清楚地教導如何握住物品。

無法說明如何從床上爬起來。

無法描述如何脫掉襯衫。

克勞斯則是無法教導他人開鎖的方法、變裝的方法及戰鬥的方法。

不對，倘若這是事實，這個男人到底有多——

百合嚥下口水。

「如果是這樣，那就不可能指導了……」

「我現在正拚命地想辦法。」

他回應的語氣淡然，卻微微透露出疲憊之色。

百合想起他房間裡堆積如山的書籍。他不像是在偷懶。

耿直地、認真地、誠實地煩惱，儘管如此還是找不出解決之道。

「…………」

百合瞬間閉上雙眼。

然後睜開眼睛，大大地比出勝利手勢。

「不行！不可以忘記來這裡的目的！」

「妳突然間是怎麼了？」

「轉換心情！必須將麻煩事擺在一邊，把腦袋放空才行。」

「妳這個人還真隨興啊。」

「是啊，我在學校可是以『不想為敵，也不想為友的女人』之稱聞名呢！」

「原來妳被當成怪胎啊，真可憐。」

「老師沒資格說我！」

聊著有些離題的對話，兩人走在攤販林立的街道上。

沒多久，一張擺在店頭的風景照映入眼簾。

「老師！你看這個！」

她拉著克勞斯的袖子，硬是讓他停下腳步。

百合發現的，是貼在一家果汁攤位上的照片。照片裡，湖泊被大自然所環抱。雖然是張黑白照片，卻鮮明地呈現出豐饒的景致。

「好美的地方喔…………」

「喔，妳是說埃邁湖的照片嗎？」老闆爽快地說明。「只要從車站搭乘國營巴士，大約兩小時出頭就會到喔。不過今天是假日，那裡應該人山人海吧。」

「是喔，那裡這麼受歡迎啊！」

「何止是受歡迎而已，那裡可是這座城市最著名的觀光勝地，也是首都的暴發戶會結伴來遊覽的休憩場所。那裡還有出租小船，有不少可看之處呢。」

百合買了瓶裝果汁作為答謝，對克勞斯笑道。

「哼哼，又得到有力的情報了。我們待會兒去看看吧。」

「……嗯，好吧。」

克勞斯表示同意，沒有做出不情願的反應。說不定，他其實相當享受這次外出。

第二階段達成。

在餐廳用完餐之後，兩人來到埃邁湖的湖畔。

聽說搭巴士要兩小時才會到的路程，因為乘坐克勞斯所駕駛的轎車而縮短成一半的時間。他的自用車出乎百合的預期，是一輛平凡、隨處可見的黑色汽車。直指這一點後，克勞斯正經八百地反駁說：「間諜怎麼可以醒目呢？」明明他的發言相當合理，卻有種被當成怪胎的蠻不講理感。

一如果汁店老闆所言，埃邁湖周圍擠滿了觀光客。人們豎起一把把的陽傘，在傘下優雅地啜飲雞尾酒。

湖畔豎立著看板，上面有關於埃邁湖的解說文字。

在群山環繞下自然景觀豐富，面積為一平方公里的巨大湖泊。只要租借小船，來到湖泊中央，就能靜靜地觀賞大自然——內容大概是這樣。

可能是沒什麼風的關係，湖面猶如鏡子般反射陽光。搭乘手划船欣賞如此美麗的湖泊景致，這樣的體驗著實情趣盎然。

「人這麼多，出租小船恐怕連一艘也不剩了吧。」

「到時就排隊等候吧。」

雖然做好了花時間等待的心理準備，不過來到發船地點後，很幸運地發現還剩下最後一艘船。那是一艘可供兩人乘坐的小型手划船。

「喔，好幸運喔。」

「對了……這種時候應該由我來划嗎？」

「這個嘛，這種時候通常是由男性來划。」

克勞斯應了一句「我想也是」便率先上了船，然後朝百合伸出手。

百合懷著緊張的心情握住克勞斯的手，搭上小船。

他的手意外地溫暖。

出發沒多久，小船很快就抵達湖中央。克勞斯似乎連划槳技術也是一流。讚美他「你划得好快喔」，結果得到「我只是像雲一樣地划而已」這種神祕的回答。

太陽開始西沉。天空泛紅，山上的樹木、湖面和岸邊全都被染上暮色。在這個距離下，湖畔的人們看起來就像一粒粒橙色的豆子。

聽不見喧嚷聲。周圍甚至連其他小船的影子也沒有。

身在燃燒般的橘色世界裡的，就只有百合和克勞斯兩人。

「這裡的風景比照片上漂亮多了耶。」

「就是啊。」

這種時候似乎不會說「好極了」。他大概有自己的一套標準吧。

「百合。」

「咦？是！這、這還是你第一次叫我的名字呢。」

「別忘了妳今天所見到的一切，以及現在眼前所見的風景。」

他將一雙黑眸望向岸上的人們。

「別忘了在商店街綻放笑容的孩子的表情。別忘了這幅讓人想要緊緊擁抱的自然美景。別忘了那群夕陽餘暉下的可愛人們。」

「人們……」

「十二年前，帝國不顧這個國家發表過中立宣言，依然侵略了這個國家。因為抵擋不了單方面的侵略，眾多國民慘遭虐殺。戰爭結束十年後的今日，帝國又再度透過『影子戰爭』侵略這個國家。」

「咦？是這樣嗎？」

「剛才的商店街儘管看似和平，事實上卻一度差點發生爆炸事件。犯人是帝國的間諜，目的是要暗殺外交部的要員。而察覺這一點並加以阻止的人，是擅長收集情報的間諜。不是警察、軍人，也不是官僚和政治家。」

克勞斯接著說：

「世界上充滿著痛苦。能夠打倒那種不合理之事的，就只有我們間諜。」

像在叮囑一般，他又說了一次「別忘了」。

接著他滿足了般，繼續眺望夕陽。

「…………………」

儘管感受到了他那份熾熱的情感，百合的心卻像是與之反抗似的冷卻下來。

明明望著相同的風景，自己和對方的心情卻有如天壤之別。

他可能想像不到吧。

自己是用多麼掃興的心情在聽他說話。

「……但是，要是死了就得不償失了啊。」

百合開口：

「什麼國家很重要、要完成任務之類的，我明白那樣很了不起。我也在差點死於戰爭之前，被間諜救了一命。所以，我很想要以間諜身分好好努力，也對成為間諜滿懷憧憬。可是，正因為如此——我不能輕易賭上自己的性命。」

講到一半，她便無法再望著克勞斯的眼睛，垂下視線。

「我也有希望有朝一日盛開的志氣喔。」

「…………」

「正因為我是吊車尾才會這麼想。活過艱難時代、在培育學校受人輕視的我，即使幸運當上間諜，要是輕易就死去，那我的人生到底有何意義呢……？」

想必你一定無法理解，這種打從身體深處冷得透徹的心情吧。

因為你我相差太多了——

百合嘆了一聲，在胸前緊握拳頭。

「老師……」

「什麼事？」

「風好冷，我可以靠近你一點嗎……？」

「可是明明沒有風啊。」

「女孩子比較怕冷啦。」

百合起身，朝克勞斯靠近。

重心偏移，小船傾向一邊。

「我已經發現了喔。你聚集一群吊車尾的理由……簡單來說就是『棄子』吧？」

除此之外想不到其他理由，會讓劣等生和不會指導的教官聚集在一起。

百合同意這樣的做法很合理。

讓百合等人去執行死亡率高的任務，收集情報。未來沒有成長可能性的吊車尾的性命，大概一文不值吧。憑著百合等人用命換來的情報，一流間諜肯定能夠立下一件又一件的功勞。

百合把手擱在克勞斯大腿上。

將臉往他的臉靠近，縮短距離。

「這一整天下來，我確定了一件事。那就是你沒有指導能力，而我們必死無疑。我不想死。總有一天，我一定要笑著成功，讓才能綻放。為此，我不惜使出任何手段——我不能在這種時候死去。」

「百合……？」

「對不起，老師。我是認真的。」

她望著克勞斯的雙眼。

「代號『花園』——狂亂綻放的時間到了。」

下個瞬間——

百合的胸口——噴射出毒氣。

◇◇◇

十二年前——加爾迦多帝國在侵略時，使用了某種不人道的武器。

致死性高，不會像炸彈一樣留下痕跡，能夠無影無形地殘留下來的——毒氣。

加爾迦多帝國選擇迪恩共和國的一個小村莊，作為實驗地點。

富饒的村莊瞬間變成地獄，村裡數百名居民悲慘地失去生命。

然後，依據間諜的情報趕赴現場的軍人發現了。

發現一名在大難中倖存、擁有特異體質的少女——

◇◇◇

面對噴射出來的毒氣，克勞斯肯定甚至無法做出反應。

即使他察覺了，也不可能逃得了。距離極近，腿又被百合壓制住。從她胸口噴出來的氣體，應該會直擊克勞斯的口鼻。

克勞斯滿臉錯愕地推開百合。

然而太遲了。作戰已經成功。

「這是……麻痺毒氣……？」

他一副很難說話地發出聲音。

克勞斯望著自己發抖的手指，連忙捂住嘴巴。他的身體晃動，甚至無法維持坐姿，就這麼往旁邊倒下。

「太愚蠢了……散布毒氣根本是自殺行為……」

「這個毒對我無效。」

「……什麼意思？」

「是我的特異體質啦。」

百合一副沒什麼大不了地笑道。

在威力足以令成年男性動彈不得的毒氣中，唯獨她依舊一派悠然自得。

「如何？即使是老師，你也拿毒沒轍吧？」

毒氣恐怕已經被拂過湖上的風給吹散了。

但是，就制伏克勞斯一人來說綽綽有餘。

他躺在船上，全身微微顫抖。

百合開心得笑出來。

「啊哈哈！沒想到要騙過一流間諜居然這麼簡單。」

克勞斯臉色蒼白地發抖。

他中了毒，整個人幾乎無法動彈。

為了製造出這個狀況，百合事先擬了好幾個策略。

以轉換心情的名義將他引誘出來，接著自然而然地搭上出租小船。她盡可能不提及「湖泊」這個關鍵字，完美且成功地暗算他。

即使是一流的間諜，也無法化解這個狀況——這是完全勝利。

「呵呵，我要來盡情地威脅你嘍，老師。」

「開……什麼玩笑……」

克勞斯瞪著百合。

「妳的目的是什麼……？」

「我希望你能答應我的要求。」

「如果只要口頭約定就好，不管多少事情我都可以答應。」

「請你別胡說了～我在用毒這方面，可是很有自信的喔。」

百合用嬌滴滴的語氣說完，從口袋拿出另一樣武器。

滴出紫色液體的針。

「特製的祕毒——打了這個針，就算是成年男性也會瞬間昏厥。」

「什……」

「你要是敢反抗，我就用這個針扎你。」

言下之意，就是必定要克勞斯履行約定。

百合將針拿近到克勞斯眼前。那是前一天用來摺倒搶匪的即效性毒藥。

明明危機近在眼前，克勞斯卻動也不動。不對，應該是動不了吧。

百合面露微笑。

「我有兩個要求。解散『燈火』，以及保障成員的生活。」

「…………！」

「因為我不想死啊——不想在毫無指導能力的教官手下死去。」

如果是這個男人，想必有可以自由花用的金錢和門路。

除了利用那一點，百合沒有其他生存方法。

克勞斯在視線中注入威嚇感。

「別開玩笑了……妳要是再靠近，我也會反擊。」

「不要撒謊了，這個毒氣會讓人失去行動能力。再說，你也沒有武器吧？」

「妳怎麼知道……？」

「我已經確認過了。就在你抱住跌倒的我的時候。」

無聊的威脅行不通，於是為此事先採取對策。

克勞斯瞪大雙眼。

「妳在商店街跌倒原來是演出來的？」

「是、是啊，我、我當然早就盤算好啦……」

純屬偶然。

其實她原本計劃要以其他手段與他肢體接觸。

「總、總之！老師，我要讓你乖乖聽從我的命令。」

百合得意洋洋地挺起胸膛，讓針更靠近無法動彈的克勞斯。

憑藉全副才能和經過磨練的技術，壓制一流間諜。

這麼一來，一切就要結束了。

「……看來是無路可走了。」

目標總算停止抵抗。

他大大地吁了口氣，以不帶指望的眼神看著百合。

「麻痺毒氣會在轉眼間生效。能夠移動的就只有舌尖和腳尖，連游泳都有困難。就算要呼救，這裡也是湖泊的正中央。眼前是受過訓練的間諜實習生。無法期待偶然租來的小船上會剛好有武器。這種情況無疑是——」

「Check out。」

「——Checkmate。」

搞錯關鍵台詞了。

所幸，克勞斯並沒有指出這一點。

「但是，有一件事情我不明白。」他說道。

「……嗯？事到如今，你還有什麼話想說？」

「從剛才開始就一直令人費解。」

「所以說到底是什麼事？」

「百合，我問妳——」

克勞斯以深邃的眼眸注視著她。

「——我該陪妳玩這場遊戲到什麼時候？」

伴隨著這句話——

兩個變化同時產生。

「咦？」

一是百合的右腳。那裡已被銬上大大的腳鐐。

再來是船底。仔細一瞧，船正慢慢地進水。

到底發生什麼事了？百合急忙掌握現狀。克勞斯大大地伸長了左腿。看樣子，他好像是利用稍有行動能力的腿動了手腳。

「這、這是怎麼回事？」

「這是特製的腳鐐。還有，我把船的塞子拔掉了。」

「塞子……？」

「這艘船將在八分鐘後沉沒。同時拉著妳被鍊子拴住的腿。」

百合赫然發現。

銬在自己腳上的腳鐐，已被鍊子固定在船上。之前好像是因為藏在座椅底下，所以看不見。

她取出藏在衣服裡的開鎖工具插進鎖孔，但是毫無反應。甚至無法掌握這個鎖是何種構造。

她放棄解鎖，開始破壞鎖，然而粗大的鐵鎖文風不動。

「憑妳是解不開的。」

克勞斯這麼說。

「鑰匙不在這艘船上。就憑妳的技術，無論如何都打不開腳鐐。換句話說，不管怎麼做，妳都會沉入湖底。」

「怎麼會……」

「只要我不開鎖的話。」

「…………！」

「把解毒劑交出來。這是我的條件。」

原來他的目的是這個啊——百合咬唇心想。

但是，現在還沒有失去致勝的機會。

「可、可是！那與我無關！你如果不想被這個毒針扎，就快把鑰匙——」

「妳就扎吧。」

「咦……」

「假如妳拿毒針扎我，我不就會昏過去？到時誰來幫妳打開腳鐐？」

「唔唔……」

這一次，百合真的說不出話了。

失去所能使出的辦法。

非但如此，還被徹底逼到走投無路。

船不停地在進水。百合的身體隨著船隻逐漸沉沒。

無法接受——原先占優勢的明明是自己。
「為什麼……？」
「嗯？」
她像個鬧脾氣的孩子大嚷。
「我！沒有告訴任何人，我會在這艘船上下手！你怎麼會有時間對船動手腳？這實在太不合理了！」
「昨天晚上，我就知道妳企圖在這座湖做什麼了。」
「那麼早……？」
「這座埃邁湖是城市周邊最著名的觀光勝地。可是，昨天妳列舉『在街上四處打聽到的名勝景點』時，不知為何獨獨漏了埃邁湖。面對猶豫要不要外出的人，不告訴對方最著名景點的理由是什麼？這樣太可疑了。」
百合頓時明白自己的敗因。
原因就是太過警戒了。
她早就決定要以湖泊作為襲擊地點。為了不讓克勞斯察覺，她刻意避開湖泊的話題，直到邀約前一刻都假裝自己是偶然得知。然而，那卻是致命的錯誤。
理所當然。

這個男人是間諜，想必很清楚城裡的觀光勝地有哪些。

不對那樣的男人提起埃邁湖，對方當然會覺得不自然。

「再加上，埃邁湖沿岸有很多觀光客，妳如果要對我下手，自然就會用到出租小船了。」

「可是，我又不一定會搭這艘船！這艘船只是偶然剩下來──」

「沒錯，偶然只剩下一艘。妳應該要覺得可疑。在能夠到湖上欣賞夕陽美景的湖泊，明明觀光客人數眾多，為何會只有一艘被遺留下來呢？」

「咦……」

「妳仔細看看腳下吧──從划船者這一側。」

滿腹不解的百合窺視小船。

接著倒吸了一口氣。

百合一直坐著的位子下方。

「修理中」──用油漆寫上了那樣的警語。

話說，為什麼自己之前會一直沒注意到呢？

「這是一個很幼稚的圈套。」

克勞斯用不帶情感的語氣說。

「這個警語只有划船的人才看得見，從妳那邊則會成為死角。但是，光是如此就足以確保這艘船不會有人使用。出租小船很受歡迎，岸邊只會留下這一艘。」
手划船是一種若是男女共乘，誰會坐在哪一側很清楚明瞭的交通工具。
負責划船的男性會坐在行進方向，女性則坐在對側。
如果那裡有只有男性才看得到的警語，女性完全不會發現。
唯一發現的機會是上船時，但是那時，克勞斯向百合伸出手，分散了她的注意力。
因此，她沒能識破圈套。
克勞斯嚴酷地宣告。
「說明到此為止。百合——憑妳是當不了我的對手的。」
被迫目睹兩人的實力差距，百合不甘心地緊咬嘴唇。
「可、可惡……我的計畫居然敗露了……」
她遲遲難以接受現實。
克勞斯「哎呀呀」地嘆口氣。
「不過更進一步來說，其實昨天在妳進到房間的當下，我就發覺妳打算襲擊我了。」
「咦？你究竟是基於什麼樣的理由……？」
不管怎麼說，未免太早了！
對著目瞪口呆的百合，他開口答道：

「——不自覺就察覺到了。」

「瞬間對你懷抱期待的我簡直是白痴！」

「好了，快把解毒劑拿出來。船差不多要沉了。」

百合說著「雖、雖然很不甘心……」，把手伸進口袋。

隨即發現不對勁。

「奇怪……？」

「嗯，怎麼了？」

「沒有……解毒劑……」

「別鬧了。」克勞斯嘆息道：「事到如今討價還價只會浪費時間。」

他一副「不要把自己弄得這麼難堪」的口氣。

「不，不是的…………是真的沒有……」

「就說了，那種謊言騙不了我……」

「我忘在房間裡了…………」

「………………………啥？」

克勞斯瞪大雙眼。

就連被毒氣噴射時，他都沒有露出如此吃驚的表情。

「……下毒的人會忘了帶解毒劑？」
「因為我很緊張……我、我不擅長色誘嘛！」
「色誘？妳什麼時候色誘我了？」
「先、先不管那個了……請、請問～老師你能夠在沒有解毒劑的情況下開鎖嗎？」
「辦不到。我的手指在發抖。」克勞斯看著自己的手掌。「不要說開鎖了，這下連游泳都有困難。」
「啊哈哈，說得也是喔～」
「…………………………………………」
「…………………………………………」
因為麻痺毒氣而無法動彈的克勞斯沉默不語。
因為腳鐐而逃不了的百合同樣只能沉默。
正當兩人相望無語時，「咚噗」地傳來一聲格外大的水聲。
那是船真正要開始沉沒的聲音。
「……百合，這是命令。」
「……是。」
「給我死命地划。」克勞斯瞇起雙眼。「應該說——不划就沒命了。」

現在不是討價還價的時候。

百合一握緊船槳——

「不要啊啊啊啊啊啊啊啊啊啊啊啊啊！我還不想死啊啊啊啊！」

就尖叫著開始全力划船。

反觀克勞斯即使面臨生命危機，依舊是一派從容不迫。

「放心吧，剛才我說還有八分鐘就會沉沒是騙妳的。」

「真的嗎？」

「是九分五秒。」

「完全無法讓人安心！」

「百合，船槳要像雲一般地划——」

「拜託你也稍微幫幫忙啦啊啊啊！」

當然，封鎖克勞斯行動的人是她自己。

一面懊悔自己犯下的錯誤，百合拚命地划向岸邊。

百合一抵達岸邊，立刻就倒在船上，大大地吐氣說：「總算是活下來了～～」

船有一半都泡在水裡，只差一點就要沉沒。

兩人沒能返回出發地點，來到了沒有半個觀光客的湖岸。在這裡，可以獨占持續閃耀的夕陽，以及餘暉照耀下的湖面、朝著太陽飛去的鳥兒，還有令人迷醉的風景。雖然他們並沒有餘力去欣賞那些。

全身無力的百合整個人躺成大字形。

活是活下來了，只不過，即將逼近眼前的是殘酷的現實。

「唉～我徹底失敗了。」她茫然地仰望黃昏的天空。「看來吊車尾果然是吊車尾，根本不是一流間諜大人的對手。」

「不要那麼悲觀。那個毒氣還不賴。」

「反正你一定是故意中標的吧？」

「這麼做是為了測試妳的實力。」

大概是毒性退了吧，克勞斯已經站起身來，正在和鳥兒嬉戲。兩隻小鳥停在他的手臂上。看樣子，他好像是受動物歡迎的那種人，儘管他並不討人喜歡。

如果有空跟鳥玩，還不如來幫我解開腳鐐。百合雖然很想這麼主張，但是現在的她沒有立場說那種話。

「結果現狀還是沒有改變。」

只能嘆息。

問題完全沒有得到解決。

「我是吊車尾，老師不會教學，不可能任務的死亡率高達九成，期限正不斷地逼近。這下真的要Game Over了。」

威脅失敗的當下，在前方等待著自己的就只有慘劇。

不僅如此，百合還背負了對上司下毒的罪名。之後應該會受到懲罰吧。

「……其實我一直很嚮往呢……嚮往成為拯救國家的間諜……」

掙扎著不想放棄的結果卻是如此。

什麼都沒能改變。

什麼都沒能得到。

命運大概早就注定好了吧。手忙腳亂地掙扎的自己只能用滑稽兩字來形容。

「我來替妳實現。」

可是，克勞斯卻以沉穩的語氣這麼對她說。

「咦？」百合坐起上半身。

「不要放棄理想，妳明明就有天分。儘管整個襲擊計畫像是兒戲，可是能夠察覺逼近的危機，並且比任何人都率先採取行動的妳無可挑剔——好極了。」

「就、就算誇獎我也不會有好處喔！」

他讓停在手臂上的鳥兒飛走後，舉步朝百合走來。

然後，他用腳尖輕輕將腳鐐一踢，不知道是什麼原理，原本打不開的鎖竟然輕易就打開了。

「百合，妳來當『燈火』的隊長。」

「咦？」

「『燈火』的老大是我，不過還需要一人來當部下的中心人物。我不清楚妳說的『盛開』是指什麼，但妳要不要以『燈火』隊長的身分，讓不可能任務成功呢？」

一時之間無法理解，百合只能錯愕無語。

專門執行不可能任務、前所未聞的間諜團隊——被賦予其中的重要職務了。

宛如天啟。彷彿有一道新的光芒，忽地照進昏暗的暮色當中。

一心想要改變被人當成吊車尾瞧不起的自己，於是離開培育學校——她看見那樣的自己面前，出現了一條嶄新的道路。

「如、如果真的能夠實現……我會非常開心……」

「既然如此，那妳就是隊長了。我們一起成功達成任務吧。」

「喔、喔喔，隊長……聽起來好帥氣……」

百合神情陶醉地重複這個詞彙。

這傢伙真單純啊。克勞斯好像有這麼嘀咕，不過她馬上就拋諸腦後。

「不、不過，要怎麼做呢？到頭來，老師還是不會指導啊——」

「不，那個問題已經解決了。」

「解決？」

克勞斯對一臉不解的百合點頭。

「多虧有妳，我找到好的教學方法了。」

什麼時候的事情？

結果，百合直到隔天才得知其完整內容。

來到陽炎宮的第四天。

「燈火」的成員聚集在大廳裡。少女們心想又要聽莫名其妙的講課了，臉上無不露出憂鬱的神情。然而在她們的內心深處，還是沒有完全割捨對於起死回生的期待。第一次的教學可能只是某種誤會，這次才要開始真正的授課——她們懷抱著這種懇求似的希望。

全員坐在沙發上等候一陣子，克勞斯出現了。

他大大方方、直挺挺地站在少女們面前。

交抱雙臂，閉上眼睛，沉默不語，像在冥想。
十秒鐘過去了。
就在少女們開始心想「這個怪人在做什麼？」時，克勞斯終於開口。
「好了，如妳們所見。」
「見到什麼？」白髮少女凜然問道。
「我在道歉。」
「誰看得出來啊。」
果然沒有起死回生啊，少女們沮喪地想。
可能是察覺到少女們的失望了，克勞斯語氣淡然地開始說明。
「我就向妳們坦白好了。說實話，我也是第一次擔任間諜團隊的老大和教官。」
「…………」
「很意外吧？」
要是為了這點小事吐嘈，那就輸了。
少女們全都充耳不聞。
「似乎因為我的不成熟，害妳們操了無謂的心，真是抱歉。今後，我打算公開我所能透露的情報。如果有問題就問吧。」

「那麼，我有兩個問題。」

白髮少女舉手。她果然很有膽量。她以凌厲的目光瞪著克勞斯。

「你到底是何方神聖？」

「這我不能說。」

「我們會被選上的理由是什麼？」

「這我也不能說。」

「去死啦。」

「沒錯，間諜所能公開的情報十分有限。我雖然也想公開，能夠說出來的祕密卻很少。但儘管如此，我們還是必須建立起信賴關係。這就是間諜團隊。我所能做的就是做出表示，這一點還請妳們諒解。」

克勞斯小小地吸氣。

接著對少女們拋出一句話。

「妳們不是棄子。我不會讓妳們死的。」

眼神無比認真。

「我答應妳們。假如妳們之中有任何一人喪命，到時我也會自殺。」

少女們瞠目結舌，僵在原地。

克勞斯的話中，蘊藏著並非演技的強烈意志。

不是謊言。

也不是敷衍。

這個男人是真心想要和少女們一同完成不可能任務。

「可、可是……」褐髮少女怯生生地小聲說道，兩道眉毛彎成了八字形。「現實問題是，小妹我們這些吊車尾沒辦法完成不可能任務──」

克勞斯偏了偏頭。

「我實在不明白耶。」

「咦？」

「為什麼妳們要形容自己是『吊車尾』呢？」

「因、因為……」

「我不是一直極力稱讚妳們嗎？」

極力稱讚？

少女們的頭上全都浮現問號。

「我先聲明，挑選『燈火』成員的人是我，是我親自前往培育學校把妳們挖掘出來。妳們身上潛藏著無限的可能性。一個人的評價，會隨著隸屬的集團有所改變。也許妳們在培育學校是吊車尾，但是在『燈火』——妳們全都好極了。」

那是一種莫名豁然開朗的感覺。

百合的心漸漸被某種溫暖的東西所填滿。

回頭想想，克勞斯確實一直不停地說。

從一開始——從在玄關前見面時起，他就不停地讚美學生「好極了」。

這個男人——過度寵愛自己人。

「然後，我已經想到提昇妳們實力的方法了。」

克勞斯轉身背對少女們，拿起粉筆。

在尚未使用過的黑板上，大大地寫上文字。

簡潔的一句話。

「打倒我」。

當其他少女還在茫然時，百合早一步想通了。

想通這個異常男人所找到的教育方法。

「好了。」克勞斯將粉筆一扔。「接下來是自習時間。」

2章 合作

the room is a specialized institution of mission impossible
code name hanazono

陽炎宮生活第九天，在二樓的走廊上——

「真、真的要動手嗎……？」

「那當然。我們沒有其他辦法了。」

黑髮少女以優雅的語調，否定百合的洩氣話。

即使身處緊張萬分的場面，她的美貌依舊。外表當然也很美麗，然而臉龐微微泛紅、汗水沿著頸子流下、悄悄屏住氣息的那副模樣，卻比平時來得更加性感。

這時，別的少女對百合傳來通訊。

『這裡是屋頂組。沒有問題……目標正在洗澡。雖然因為熱氣看不清楚，不過目標沒有動靜……』

百合將聽到的內容如實報告出來。

黑髮少女點點頭，對在走廊上待命的其他同伴豎起大拇指。

「照明組沒問題吧？鎖頭組也準備好密碼鎖了嗎？」

結束最後確認，「時機成熟了」她撥了撥自己的頭髮這麼說。

在視線前方的是浴室。

陽炎宮裡有大浴場和浴室各一間，平常少女們是使用大浴場。不過，這次她們將前往的地方是另一個——這座陽炎宮裡唯一一個男人所使用的浴室。

浴室裡傳來淋浴的聲音。

「〇七〇〇，全員展開突擊。」

黑髮少女重新朗讀作戰宗旨。

「襲擊正在洗澡的老師！」

新成立的間諜團隊「燈火」。

其老大和部下之間，正在進行超乎常識的訓練——

事情的原委要追溯到五天前，百合等人來到陽炎宮第四天的早晨。

間諜團隊「燈火」的少女們，在大廳裡茫然無措。

針對被稱為「不可能任務」的超高難度任務，克勞斯對少女們進行講課——事情本來應該是如此，結果卻隨著克勞斯毀滅性的教學能力遭到揭發而停頓。那個克勞斯又再次把少女們叫出來，這次他在黑板上大大寫下「打倒我」之後就逕自離去，教人完全摸不著頭緒。

唯獨前一天和克勞斯見面的百合，能夠隱約察覺他的意圖。

並且率先注意到黑板邊緣的變化。

「陽炎宮共同生活守則」多了新的內容。

「㉘　讓老大宣布『投降』者，能夠獲得報酬。

㉙　關於前項，不限時間、手段。

㉚　最好至少每十二小時襲擊一次。」

「這是什麼？」

一名少女傻眼地說。

其他少女也無法理解，各自不停地眨眼。

「這大概是新的教學方式吧……」

以沉靜口吻如此說道的，是特徵為留了一顆鮑伯頭的紅髮少女。

少女的身材纖細高挑，年齡是十八歲。沒有多餘贅肉的美麗肢體及沉穩的語調，使她給人一種嬌弱的印象。她宛如一件精巧的玻璃工藝品，好像只要動作粗魯一些就會將她弄碎。

「他可能是打算以接近實戰的形式訓練我們……交涉、威脅、色誘……製造出能夠自由掌控目標的狀況……這是間諜必備的技能……」

紅髮少女仔細地解說。

後來其他同伴也都了解了，不過少女之中最清楚明瞭的還是她。

「不過，『不限時間、手段』啊。」

黑髮少女優雅地偏頭。

「就算老師再強，若是七對一進攻，他照樣會完蛋。我們可以在夜深人靜時襲擊，或者在食物中下毒讓他無法動彈、抓住他的某個弱點威脅他，這樣就能輕鬆取勝了。」

「那種想法太輕率了……」紅髮少女蹙起眉頭。

「什麼意思？」

「他可是超一流的間諜……對間諜的手法無所不知……」

黑髮少女舔了舔嘴唇，露出笑容。

「哎呀，那不是很有趣嗎？」

對於克勞斯堪稱挑釁的提案，少女們大半都表現出好戰的態度，臉上帶著彷彿隨時要進攻的笑意。

但是，也有一部分的少女仍然無法理解狀況。

「等一下，妳們為什麼要隨他起舞啦。」

白髮少女凜然發言。

「那傢伙有多厲害確實可以想像，可是作為一名教官，他卻是個廢物耶！妳們打算乖乖地順從他嗎？我可是沒辦法相信他。他到現在都還沒把這個團隊的目的詳細告訴我們耶。」

「那樣不是正好嗎？」

「嗯？」

「襲擊、綑綁、拷問，只要能夠製造出讓他『投降』的狀況，不管什麼要求都能逼他接受。我們可以盡情地盤問他，也能提出更換老大的要求。」

「喔，這倒是。」

眼見少女對驚悚的提議表示贊同，褐髮少女向她投以怯懦的眼神。

「不行不行，身而為人卻以訓練的名義進行威脅，小妹覺得這樣實在是……」

「如果是威脅，百合已經執行完畢了喔。」

「百合小姐？」

「而且還和訓練無關。」

「那樣單純只是犯罪耶。」

百合撓撓臉頰，說：「我只是稍微讓他暴露在毒氣中啦。」

「真的假的？」褐髮少女一臉錯愕。

總之爭辯到最後，少女們決定一起襲擊。

實際上，少女們只了解克勞斯一部分的實力，因此她們也想測試看看，究竟他有沒有當自己老大的資質。假使他沒有足以挑戰不可能任務的實力，到時就應該像百合所執行的一樣，威脅他解散「燈火」。

最後，黑髮少女以煽動般誇大的舉止，統整意見。

「如此一來，全員的方針都一致了。老師他心裡一定很瞧不起我們，輕視我們只是一群吊車尾的！所以我認為這是一個好機會！就讓他見識一下我們的實力吧！」

黑髮少女高舉拳頭。

「目標是，在十秒內決勝負！」

她們意氣昂揚，「喔～！」地高舉拳頭應和。

順道一提，最初的襲擊一如預告，只花了不到十秒就結束。

少女們在克勞斯來到走廊上時，以訓練用刀突襲他。她們從天花板和左右兩旁氣勢洶洶地衝出來、奔跑、包圍，然後——所有人的腳都被鐵絲絆住。

少女們同時跌倒，臉部狠狠地撞上地板。

「……連遊戲也談不上。」

克勞斯踐踏少女們的背部，沿著走廊離去。

自此之後，不再有人對他新的教育方式發表異議。

正當百合在回顧原委時，只見黑髮少女的眼角一陣一陣地痙攣抽動。仔細一看，她的美貌果然也蒙上了倦意。

「……呵呵，竟敢愚弄本小姐……我絕饒不了你……」

「妳好像相當恨他耶。」

「明明每天都向對方挑戰卻老是受挫，這樣當然會火大呀。」

新的教學方針實施至今已經過了五天，少女們卻一再地失敗。

克勞斯毫無破綻。

即使是就寢時，只要少女潛入房間一步，他就會立刻醒來。在克勞斯將通過的走廊布下陷阱，他輕易就能將之解除。就算不耍小花招從正面攻擊，所有人還是全都被他以手銬拘束起來。

跟蹤他、試圖抓住他的弱點，卻一下就被甩掉。黑髮少女性感地「老師……今晚，要不要來我床上找樂子？」這樣誘惑他，克勞斯卻帶著西洋棋盤前來拜訪，而且還在打倒躲在房內的少女們之後，以多人對戰的西洋棋局進一步擊敗眾人。

起初，少女們襲擊他是因為這是課程的一環，然而隨著每次失敗——

「連遊戲也談不上。」

屢屢聽到克勞斯這麼說，她們開始感到煩躁。

不知不覺間，所有少女都懷抱著近似同仇敵愾的心情。

——想要給那個裝腔作勢的男人好看！

於是，少女們不擇手段地決定要突擊浴室。

「不過，老師會這麼湊巧地剛好去洗澡，真是幸運耶。」

百合提出疑問。

黑髮少女撥了撥自己烏亮的秀髮。

「其實呢，是因為我剛才假裝送咖啡過去，故意潑在老師身上啦。」

「喔喔，老師居然中計了。」

「呵呵，男人這種生物很單純的。此時此刻，老師一定正一邊淋浴，一邊滿腦子都在猥褻地妄想要怎麼處罰笨手笨腳的我。在老師的腦袋裡，身穿女僕服的我一面『主人……對不起』地道歉，一面敞開衣領，對他百般諂媚……」

「喔、喔喔？雖然不是很懂，不過這個計畫感覺好有成熟的大人感。」

不明白後半段是什麼意思，百合愣愣地猛眨眼睛。

「百合，妳不要輕易相信她的話。依我看，她對男性的想法非常扭曲。」

在一旁待命的白髮少女凜然吐嘈。

黑髮少女清了清嗓子。

「說這種話的妳，完成自己的工作了嗎？」

「這還用問嗎？我早就從那傢伙的口袋偷來了。」

白髮少女一副自豪地拿出鑰匙。

「這麼一來就萬事俱全了。」黑髮少女竊笑。

「好期待啊。洗澡時，燈光頓時熄滅，窗戶也被堵住，突然間又有三名異性闖進來。他想必會非常驚慌吧。」

就各方面而言，都是教人擔憂的殘酷行為。

「……突擊前十秒。」

少女說出這句話的同時，包括百合在內的三名突擊組少女閉上眼睛。讓眼睛習慣黑暗十秒後，少女們睜眼的瞬間，走廊和浴室的燈光熄滅。

——作戰開始。

少女們一起衝向浴室。

以已經適應黑暗的雙眼順利通過脫衣間。

白髮少女抵達浴室的門前。浴室的門上裝了鎖，她把事先取得的鑰匙插進孔內。

「奇怪？」

然後，停下動作。

「快點打開！」黑髮少女喊道。

「鎖打不開。好奇怪啊，該不會是被騙，拿到假鑰匙了吧？」

「啥？」

「沒辦法了。破壞整扇門。」

「太隨便了！」

白髮少女將浴室的門踢飛，門連同鎖一起飛了出去。不顧之後的修理問題，少女們闖入浴室。

浴室的大小頂多只有十平方公尺。

百合發現了克勞斯。他正握著肥皂站著。所幸室內昏暗，看不見克勞斯的胯下。

儘管在意浪費了一些時間，但是克勞斯的眼睛應該還沒有習慣黑暗。

只要就這麼將他壓制、拘束起來——就在雀躍地這麼心想的瞬間。

「汪！」

克勞斯忽然大叫。

平時沉默的男人發出怪聲，再加上黑暗，以及聲音容易變得響亮的浴室環境。

少女們畏縮了。

像是要乘虛而入一般，克勞斯將肥皂朝這邊扔過來。

以極佳控制力飛來的肥皂，滑入了百合腳下。

「要跌倒！」百合的身體浮上半空中，「了啦啊啊啊！」接著牽連其他少女，所有人摔倒在地。

跌倒後才發現，原來地板上早就撒上了洗髮精，變得非常容易滑倒。

突擊的三人全都滑倒在浴室地板上。撞上牆壁停止後，她們雖然想要站起來，卻因為在黑暗中不知道彼此是什麼姿勢，於是不小心勾到同伴的腳，又再度跌倒。

「冷、冷靜下來！」黑髮少女喊道。「目標別說是武器了，連衣服都沒有！我們還有機會！」

「——好極了。」

克勞斯一派從容地走近窗戶。窗戶早已被屋頂組覆上了蓋子。克勞斯以掌根破壞那個蓋子。

太陽光從窗外射進來，一掃浴室的黑暗。

「那份不屈不撓的精神非常好。但是，工夫下得完全不夠。」

克勞斯背對陽光直立著。

以全裸的姿態。

「要把目標當成野生動物一樣看待。像接觸在草原上奔跑的公鹿一般交鋒，像欣賞準備過冬的松鼠一般觀察。妳們還沒有達到足以挑戰不可能任務的水準。」

「……不管怎樣，你先圍上毛巾啦。」白髮少女凜然指謫。

「另外，如妳們所見，受過訓練的間諜，不會因為被人看見裸體這種小事就心生動搖。」

「圍上毛巾。」

「相反的，妳們也要有看著我而不感到羞恥的——」

「圍上毛巾。」

克勞斯總算把毛巾纏在腰上。

也許是多心了，總覺得他表情看來一臉無趣。

「——儘管需要改善的地方不勝枚舉，但是這項嘗試本身並不賴。妳們再在十二小時內來襲擊我。」

黑髮少女「呵呵」地露出優雅笑容。

「哎呀，你以為自己逃得了嗎？浴室的門雖然壞了，不過脫衣間的門上了密碼鎖喔。」

「要我像平常一樣盤問妳們也是可以……」

克勞斯走過少女們面前，把手搭在脫衣間的門上。

「不過幸好我有萬能鑰匙。」

鎖輕易就打開了。

雖然密碼鎖照理說不可能會有萬能鑰匙——

克勞斯回頭望向愕然失聲的少女們。

「還有，有一件事我忘了說。」

「嗯？」

「妳們要為了訓練襲擊我是無所謂。但是，麻煩最後再基於不純潔的動機襲擊正在洗澡的我。」

「才沒有什麼不純潔的動機啦！」

也不曉得他是在開玩笑還是認真的，總之少女們深感屈辱。

就這樣，少女們一再吞敗。

「啊啊啊啊啊啊啊啊啊啊啊啊啊啊啊！為什麼就是贏不了他啦啊啊啊！」

「居然……看見老師那裡了。啊啊，唔哇……」

「我說啊，下次讓我來指揮啦。我保證一定會成功。」

「總之，小妹覺得最好的辦法就是收集情報。要是不冷靜地找出弱點……就太可怕了。」

大廳裡，少女們各自哀號著。她們圍著桌子，互相提出襲擊地點和時間上需要改善的地方。

畢竟沒有時間了。她們被要求在十二小時內進行一次襲擊。

克勞斯的嶄新教學風格徹底發揮了效果。

透過與一流間諜之間的對戰，少女們不斷地累積經驗——

「可是，我不明白耶。剛才那是怎麼回事？脫衣間的鎖應該打不開才對吧？」

黑髮少女優雅地偏頭說完，另一名少女「嗯？」地起了反應。

「妳該不會是在跟在下說話吧？」

將藍銀色頭髮胡亂紮起的少女，臉上露出傲慢的笑容。

那是一名難以捉摸的少女。體型中等，年齡是十六歲。長相雖然清秀，卻也不是會讓人眼睛為之一亮的美女。就連堪稱唯一特徵的髮型，也讓人想不出該如何稱呼。她渾身散發出一種超然的氛圍。

「說得一副事不關己的樣子……負責裝鎖的人是妳吧？」

「可是在下什麼都不知道啊。在下裝的是密碼鎖，除非轉出正確的六位數數字，否則不可能打開。」

「……不管怎樣，妳應該先承認錯誤。」

「奇怪？突擊組應該失敗得更慘烈吧？」

「……唔！」

由於十分優秀，經常擺出傲慢態度是她的壞習慣。順道一提，來到陽炎宮的第二天，唯一在時限內打開掛鎖的就是她。

百合趕在爭執升溫之前拍手插話。

「好了好了，現在最重要的是團隊合作，是同伴之間的情誼！好了啦，妳們兩個冷靜點。我買了超高級的費南雪蛋糕，分一個給妳們吃。」

「哎呀……真美味！」「啊！好吃耶。」

「呵呵，如果妳們還想再吃一個，就稱讚我是『優秀隊長』吧！」

「妳少在那邊得意忘形了」的奚落聲四起。

少女們雖然不清楚詳細原委，仍接受了隊長的任命決定。

儘管心中有諸多疑問，百合這個當事人——

「嗯～不管聽多少次，隊長這個詞聽起來還是如此美妙。妳們就敬請期待這個時代的寵兒

——百合的傳說揭幕吧，呵呵呵！」

還是喜孜孜地接受了。

冷眼旁觀一副像在說「我的時代已然來臨」的百合，少女們熱烈地討論襲擊方法。面對這個無法輕易找出答案的難題，她們的言詞中充滿著熱度。儘管那份熱情有大半都是對克勞斯的憎恨，卻也有著理性的判斷。

死亡率九成——硬生生擺在少女們面前的數字。

雖然克勞斯答應會讓她們生還，卻沒有可以盲目聽信那句話的根據。

「總之，現在只能加深合作了。」黑髮少女統整意見。「連一個男人都打不倒，更遑論完成不可能任務了。」

「哼。也是啦，那的確是現在唯一能夠做的事情。」

藍銀髮少女傲慢地用鼻子哼氣，表示同意。之後，她忽然想起來似的，望向坐在遠離桌子的沙發上的少女。

「欸，妳一直不吭聲——」

藍銀髮少女說出她的名字。

「愛爾娜，妳都沒有意見嗎？」

金髮少女——愛爾娜一臉厭煩地抬起頭。

耀眼的金髮和透白的肌膚，宛如一尊工匠打造出來的人偶。身上那襲綴有許多褶邊的禮服，也是她看起來有如人偶的原因之一。不只是外表，始終不發一語的行為更是加強了那種工藝品般的氛圍。少女是「燈火」的成員之中，發言數量最少的人。

年紀是最年少的十四歲。

那名少女一副勉為其難地開口：

「——不是的呢。」

第一句話就這麼說。

「是百合姊姊的話，讓愛爾娜一直覺得很在意呢。」

「嗯……？」百合不解地歪頭。

「什麼情誼的，根本就是好聽話。愛爾娜等人是間諜，不可以輕易信任他人呢。」

彷彿將人一把推開的措辭。

其他少女同時將視線投向愛爾娜。她們不懂在現在這個狀況下，做出破壞團隊和諧的發言有何意義。所有人的眼神中混雜著責難和疑惑。

「那、那個，妳要吃費南雪蛋糕嗎？」

百合敏感地感應到氣氛變得令人窒息。

「不需要呢。」

不理睬裝傻的百合，愛爾娜站起身。

「……愛爾娜去散步呢。」

像在表明自己不參與討論一般。

明確地遭到拒絕，成員們的反應分成滿臉錯愕，以及面露不滿兩種。

對此毫不在意的愛爾娜沒有停下腳步。

百合出聲喚道：

「愛爾娜，請妳要相信同伴。這樣才是團隊啊。」

她緩緩地轉身。

「要是相信就輸了。這就是所謂的間諜呢。」

冰凍般的冷漠眼神。

大廳籠罩在凝重的沉默之中。

愛爾娜溜出陽炎宮，走在黃昏時分的街道上。

她漫無目的地散步。從橋上俯視蒸汽火車，沐浴在煙霧之中。在車站前林立的商店購買可麗餅，在廣場上進行街頭演奏的樂團前搖擺身體。被告知六點的教堂鐘聲嚇得肩膀一震，可麗餅因此掉落在地。為了解悶於是把硬幣投入投幣式的音樂盒裡，音樂盒卻一動也不動，她「咚咚咚」地拍打幾下後放棄。

這真的是一趟沒有目的的散步。

有時——世上會有兩種人。

「和他人分開後感到滿足的類型」與「和他人分開後會開檢討會的類型」。

愛爾娜是典型的後者。

（說得太過火了呢……）

就這樣，她獨自陷入沮喪。

她離開車站前，漫無目的地走在小路上。

（愛爾娜明明只是想表達「間諜應該要對一切抱持懷疑」這個正確的道理，為什麼會說出那種話呢………氣氛完全凍結了呢……）

由於只有大馬路上有設置路燈，因此只要稍微離開大馬路，四周就會籠罩在黑暗之中，僅剩下尚未完全西沉的太陽照亮道路。

愛爾娜垂著肩，持續走在昏暗中。

（再這樣下去，愛爾娜會在任務中遭到孤立呢……）

周圍的人都以為她個性冷酷，但其實她相當細膩。然而，她卻常常在奇怪的地方發揮自尊心，加深和他人之間的隔閡。

對間諜來說，在團隊中孤立將招來死亡。

明明腦袋很清楚這一點——

（而且，愛爾娜還忍受不了尷尬，逃了出來呢……）

散步只是藉口。

因為害怕與人對話，於是到處逃跑。

（得快點回去道歉才行……這種時候，應該要裝出和外表相稱的可愛女孩模樣，向百合姊姊說對不起……可是，就算勉強接近她，也只會把她捲入愛爾娜的「那個」之中……）

儘管知道應該怎麼做，卻因為不善溝通，使得思緒游移不定。

「不幸……」

愛爾娜落寞地低下頭。

就在這時——

「吶，小姑娘，等一下。」

「咦？」

突然被叫住，她停下腳步。

轉頭一看，兩名渾身刺青、看起來素行不良的男人正瞪著自己。他們大搖大擺地走近，堵住愛爾娜的去路。

不知不覺間，愛爾娜走到了港口。她曾經聽說，碼頭工人生活的區域治安很差。酒和廚餘混雜而成的臭味瀰漫，感覺隨時會崩塌的磚造房屋林立。

腦中早已有了情報。港口附近，逃離過度嚴苛的碼頭工作的男人們，形成了一個不良組織。他們也是其中一員嗎？

「瞧妳那件漂亮的衣服，妳應該是有錢人吧？吶，妳可以跟我們到巷子來一下嗎？」

「不要呢……離我遠一點。」

愛爾娜邊說邊後退，但是這時，又有一個男人出現在後方。他們大概是同夥吧。

真是太大意了。

居然會在不知不覺間遭人包圍。

「別輕舉妄動啊。妳就當作自己是在助人，我們好好相處吧。」

好好相處？

對這句話起了反應，愛爾娜不由得開口。

「大叔，我問你……你覺得要怎樣才能跟人好好相處呢……？」

「嗯？這個嘛，只要讓對方見識自己的力量就行啦。」男人從懷中取出刀子。「好了，小姑娘，妳應該也想和大叔我好好相處對吧？」

他將刀子的刀尖伸向愛爾娜。

這是足以對少女構成威脅的凶器。

「不幸……」她微微動了動自己的鼻子。

「嗯？」

「小巷……只要往這邊走就好？」

見到愛爾娜順從地邁開步伐，男人露出下流的笑容。

「瞧，我們這下不是變成好朋友了？就跟大叔說的一樣。」

「…………」

雖然粗暴，不過男人的話確實有幾分道理。

人會受到有力量的人物吸引，將對方視為值得信賴的夥伴、能夠放心的搭檔。

——要和他人好好相處，只要展現自己的力量就好。

察覺之後才發現，這個想法是多麼簡單。

啊啊，沒有錯，有一個簡單易懂的方法——由自己來讓其他同伴不斷失敗的課題成功。解答就是如此單純明快。

「小姑娘，妳父親叫什麼名字？是哪裡的社長？還是議員？方便的話，能不能介紹我們認識一下？」

「…………」

「妳少在那裡不說話。妳想在這裡被剝光衣服嗎？」

男人打斷愛爾娜的思緒，朝她逼近。

三個男人將愛爾娜團團包圍。

此刻所在的地方是小巷的盡頭，無路可逃。

「不幸……」她喃喃地說：「愛爾娜的人生真的永遠都是如此呢。」

雖然不小心說出了自己的名字，但幸好並未傳進男人們耳裡。他們以疑惑的目光看著她。

愛爾娜繼續說——為了在那個時刻來臨之前爭取時間。

她微微抽動鼻子——

「意外、悲劇、災害——總是被捲入其中，每天都遭遇到那些呢。」

「妳在胡說八道什麼——」

「不過，漸漸知道了。能夠隱約掌握不幸發生的地點和時機。」

時機即將到來。

愛爾娜的嗅覺察覺到那個事實。

「代號『愚人』——屠殺殆盡的時間到了呢。」

愛爾娜仰望頭頂上方。

受到她的視線吸引，男人們也仰望天空，隨即渾身顫慄。

——磚頭雨。

數十塊磚頭從空中落下。

當男人們還在屏息之時，愛爾娜已經採取行動。

他們所在的一角，有著許多古老的磚造建築。經過長年的風吹雨打，有時磚頭會從外牆崩落

——和早已發覺那個預兆的愛爾娜不同，男人們來不及移動雙腿。

愛爾娜迅速抵達安全地帶，轉過身，朝著此刻快要被磚頭吞沒的男人們——

「永別了，大叔。」

投以輕蔑的目光。

愛爾娜回到陽炎宮時，百合發出慘叫。

「妳是怎麼了？怎麼會弄得這麼髒！」

幾個小時不見的愛爾娜全身都是髒兮兮的泥土。裙襬破裂，裸露出她白皙的大腿。雖然看起來沒有受傷，模樣卻十分狼狽。

和驚愕的百合相反，愛爾娜的反應相當冷淡。

「這是常有的事呢。」

「就算妳說得這麼輕鬆……」

愛爾娜搶在百合接下去說之前，低聲開口。

「下一次襲擊，由愛爾娜動手。」

「咦……」

「希望姊姊們負責支援就好呢。」

只留下這句話，愛爾娜便消失在樓梯上。

百合只能注視著她那落寞的背影。

「沒問題嗎……？」

這是一句自言自語。

可是，突然間——

「當然有問題啦～！」

腳邊響起好大的說話聲。

百合嚇得「唔喔！」地往後仰，一邊急忙往下看。

一名嬌小的少女站在那裡。

大概是很高興自己惡作劇成功了吧，她臉上浮現純真的笑容。

灰桃色頭髮——那名少女有著一頭讓人想要這麼形容的灰粉色頭髮。和愛爾娜一樣，是最年少的十四歲。她甩動任其生長的頭髮，大大搖晃嬌小的身軀，一如往常天真無邪地笑著。宛如壁畫中的天使一般惹人憐愛。

「本小姐曾經和愛爾娜同校一段時間！所以知道她的傳聞！她是個非常倒楣的女孩喔。」

灰桃髮的少女一邊小小地跳躍、一邊說明，一副忍不住想告訴別人的模樣。

「倒楣？感覺好不科學喔。」百合小聲回應。

「可是好像是真的喔！因為本小姐的朋友也因為她遭遇過意外。因為那件事，愛爾娜後來被踢到別間學校了！」

少女開朗地說著沉重的話題。

那就是愛爾娜被當成問題兒童的原因嗎？

無法和同伴合作的人會遭到淘汰的現實，百合自己再清楚不過了。

「嗯～這個故事聽起來好感傷喔……」

「哪裡感傷？」

「咦，這不是那種感傷的故事嗎？」

「真是的！妳把耳朵借我一下！」

灰桃髮少女撲過來，在百合耳邊低語。

「……只要讓愛爾娜領導，就一定會遇上意外。這件事情會被當成意外死亡，而非殺人事件處理喔。這不正是最完美的暗殺嗎！」

聽了她的說明，百合睜大雙眼。

讓人無法以「不科學」一笑置之的事實。

招來不幸，散布不幸——假使那種事情有可能發生，就能製造出毫無破綻的完美犯罪。

不需要使用武器。

也不會留下殺害對方的痕跡。

佯裝成偶然——制伏目標。

百合的背脊頓時一陣發寒。

「意外災害的專家——這就是愛爾娜！」

這是令人安心到甚至毛骨悚然的事實。

當她盡情發揮那份力量時，究竟會引發出什麼呢——

那一天，克勞斯外出了。

根據收集情報的結果，少女們已經掌握住克勞斯的生活模式。起床後到健身房運動，然後淋浴。用完早餐後直到傍晚為止，都在閱讀處理可疑的文件，以及在自己的房間打電報給間諜本部。晚上不是外出，就是在房間作畫。外出時，似乎都是獨自完成瑣碎的任務，目的地形形色色。餐點基本上都是自炊。在陽炎宮內的廚房烹調，在自己的房間用餐。每隔幾天就會上街一次，採買食材和雜貨。

愛爾娜跟蹤外出的克勞斯，在街上的畫材行向他搭話。

「老師，好巧呢……」

「嗯，就是啊。」

克勞斯的手裡拿著大紙袋。紙袋滿到都澎了起來。

「昨晚，百合踢翻了我的顏料，害那些顏料全都不能用了，無可奈何只好重買。妳一個人嗎？」

「今天輪到愛爾娜出來採買呢。其他成員正在為了下次的襲擊進行訓練呢。」

「這樣啊，我很期待妳們的表現。」

「是呢……」

「……」

「……」

「……」

「……」

（對話中斷的速度快到讓人反感呢……）

愛爾娜本來就不善言辭，而克勞斯也是沉默寡言的類型。那樣的兩人湊在一起，根本不可能聊得多熱絡。

依照計畫，這時愛爾娜必須邀請克勞斯到街上走動。

可是，愛爾娜卻無論如何都說不出「陪自己去購物」這句話。她身為間諜的基本技術是很優秀沒錯，但唯獨交涉這一點極度不擅長。

這樣下去，目標說不定要回家了。正當愛爾娜著急地如此心想時——

「到底要買什麼？」

克勞斯開口了。

「咦？」

「就是妳要買的東西。」

在對方的催促下，愛爾娜流暢地回答。

「食、食材，還有肥皂、鬧鐘。因為窗簾破了，所以也要買一些布。如果有找到可愛的，就買愛爾娜的新睡衣。」

「一個人拿這麼多東西很辛苦吧？我也來幫忙好了。」

沒想到目標居然對自己伸出援手。

為意想不到的發展心懷感謝，兩人走在商店街上。

（不過……對不起。老師接下來即將遭遇不幸呢。）

事情演變成了利用對方的親切，不過這也無可奈何。活在爾虞我詐的世界的人，應該不會認為這點程度的手段卑鄙無恥。

愛爾娜抽動鼻子，察覺到那股「氣味」。

不幸體質——這是某名精神科醫師的診斷結果。

自幼時起，她就一直很倒楣。雖然出身貴族的上流階級，豪宅卻遇上了火災，父母因而雙亡。只要搭乘火車，火車就會脫軌、走在路上就會遭到暴徒攻擊，甚至還曾經差點被落雷劈中。

此刻還活著就是最大的幸運。

累積太多不幸經驗到最後，愛爾娜變得能夠感應到即將發生的不幸。

憑著嗅覺——聞出氣味。

不曉得是什麼原理，總之她能夠嗅出發生地點和時機。

（壓制誰也打不倒的老師，將他擊潰。因此受人尊敬、誇獎、圍繞的愛爾娜，這一次一定要和大家融洽相處——然後，實現夢想。）

若無其事地誘導目標，愛爾娜暗自竊喜。

（代號「愚人」——屠殺殆盡的時間到了呢。）

就在兩人來到大馬路時——

一輛黑頭車以高速朝兩人的方向衝了過來。

失控車輛。

事前早有預料的愛爾娜火速閃避。即使將要遭逢不幸，只要具備間諜的技術和覺悟就能順利避開。

（不幸……）愛爾娜心想。（雖然早知道會發生事情，但萬萬沒想到會是失控的車輛。這下或許做得太過火了呢。）

儘管能夠感應到前兆，卻無法得知實際上即將發生的意外詳情。

車子沒有減速，駛上了人行道。

克勞斯可能是無法對突如其來的悲劇做出反應吧，站在原地動也不動。

其他行人的尖叫聲傳來。

愛爾娜忍著不閉上雙眼。

車子和克勞斯猛烈撞擊——克勞斯的身體飛上半空中。

某種迸裂聲響起。

失控車輛撞到克勞斯後高速旋轉，在偏離人行道的地方停下。人行道上留下焦黑的輪胎痕，訴說著撞擊的慘烈。

克勞斯的身體被高高地彈到空中，無力地旋轉往下墜——

「嗯，真危險。」

然後漂亮地落地。

（嗯嗯嗯嗯嗯嗯嗯嗯嗯嗯嗯嗯嗯？）

愛爾娜無法相信眼前的景象。

被失控車輛撞飛的男人為何安然無事？

沒有流血、沒有外傷，甚至看起來一點都不驚慌失措。

克勞斯拍了拍手，走了過來。

「妳沒受傷吧？」

「老、老師，沒事嗎？」

「不曉得耶，我想應該是沒有受重傷才對。我是很想抱怨幾句，不過還是交給警察處理好了，不然太引人注目了。」

「愛爾娜是問老師，不是駕駛呢！」

「如妳所見。」

一副「妳怎麼會問這種問題？」的口氣，克勞斯若無其事地邁步而行。別說是受傷了，他的服裝甚至沒有任何髒汙。

看來，他好像是在和車子猛烈撞擊的瞬間，朝車子的引擎蓋一踢，跳了起來。那是只要稍微抓錯時機，就有可能死亡的神技。

愛爾娜觀察停止的車輛。

這輛車到底為什麼會高速旋轉？

撞擊那瞬間的破裂聲又是什麼？

「我讓輪胎爆胎了。」大概是感應到了愛爾娜心中的疑惑，克勞斯解釋：「因為車子要是繼續行駛，可能會有人因此喪命。」

「在那一瞬間……？」

「妳想知道方法嗎？」

「那就不必了呢。」

「只要用刀子刺破輪胎就好。」

「愛爾娜並不期待聽到這些呢。」

一邊進行有些愚蠢的對話，頓時恍然大悟的愛爾娜繃緊神經。

身旁這個男人，是感受力和常人相差懸殊的怪物。光憑被車撞這點程度，沒辦法讓他受半點傷。

（不、不過，不幸的氣味並未就此結束呢……！）

現在不是心懷罪惡感的時候。

說不定，一般的不幸無法對這個男人帶來任何傷害——

愛爾娜的預感準確預測到了不幸。

在她誘導前往之處，克勞斯一一迴避掉不幸。

走在商店街上時，裝滿熱水的鍋子從攤販朝兩人倒了過來。愛爾娜徹底躲了開來，但克勞斯沒能避開。他以皮外套當成鍋蓋，接住了鍋子。

鍋裡的熱水幾乎沒有灑出來。

來到住宅區時，遇上了凶猛的大型犬。

也不知道究竟是哪裡激怒到牠了，愛爾娜一和那隻狗對上眼，狗立刻就露出尖牙，撲了過來。原本繫住狂犬的鍊子鬆脫，狂犬以人類絕對逃不掉的速度，衝向愛爾娜。

「好有精神的狗。」

結果克勞斯只是輕輕用掌根推了推狗的下顎，牠馬上就安分下來。

愛爾娜嚇到無力逃跑，只能在原地顫抖雙腿。

一進到小巷，就像昨天擊退惡徒們那時一樣，磚頭垮了下來。

這個時候——

「糟糕。」

克勞斯的語氣中帶著屈辱——

「稍微缺角了。」

然而根本沒什麼大不了的。

沒能將落到頭頂上方的十四塊磚頭，全部完好無缺地接住——就只是那樣小小的失敗而已。

他甚至還有餘力去關心附近嚇到腿軟的女性。

（這個男人……真的是怪物呢…………）

儘管狠狠地瞪著他，克勞斯卻永遠都是一臉泰然自若的表情。

隨著時間過去，感到意志消沉的人是愛爾娜。

目標則是精神抖擻、活蹦亂跳。非但如此，他似乎連自己被捲入不幸的自覺都沒有，從頭到尾一副什麼事也沒有地陪愛爾娜購物。明明行動應該受到購入物品的限制，卻始終順從愛爾娜的誘導。

另一方面，愛爾娜則是重新有了自覺。

對於自己的力量有多令人厭惡這件事。

（愛爾娜果然是個可怕的人呢……）

平時，她不會連續接近不幸的氣味。

一旦感應到，逃跑是很普通、很正常的判斷。

（若是常人，就算受好幾次重傷也不奇怪呢……）

每次遇上不幸，她都會陷入有人在自己耳邊低語的錯覺。

——這場悲劇是因妳而起。

這次在自己身旁的是異於常人的人物，所以還好。可是，如果是和自己一樣的少女呢？如果是「燈火」的同伴呢？即使如此，她們還會願意跟自己和睦相處嗎？不對，話說回來，即使是這個男人，他在得知自己的力量之後，會不會也遠離而去呢？

（或許，放棄想要和某人好好相處的想法比較好呢……）

「最好不要接近她喔。」

在培育學校裡，散布這個謠言的人是誰呢？

遲早有一天，「燈火」內也會流傳著相同的謠言——

「好了，這下東西都買完了吧？」

正當愛爾娜陷入思緒的泥沼中，克勞斯如此對她說。

她赫然一驚。

事前告知要買的東西已經全都買好了。克勞斯抱著清潔劑，剛從商店走出來。

然而她卻尚未讓目標感到一絲疲倦。

「是、是嗎?不過，愛爾娜還有想去的地方呢——」

「妳就別再演了。」

克勞斯停下腳步。

愛爾娜一回頭，就見到克勞斯以平靜的目光俯視自己。她不禁背脊發涼，全身冒出汗水。

（咦……）

威嚇感。

紙袋從手指間滑落。她甚至沒有心思去撿拾落在地上的紙袋。

「愛爾娜，其實我已經從培育學校的教官那裡聽說妳的能力了。聽說妳是『吸引不幸的少女』。」

「……!」

「我終於明白那則警告的真相了。」

他早就知道了。

他的行動全是演技。他早已識破愛爾娜的攻擊，只是為了測試她的能力才陪她演這齣戲。

克勞斯朝愛爾娜伸手。

下一刻，克勞斯將「燈火」的少女們拋出去的景象掠過腦海。

愛爾娜反射性地閉上眼睛。

即將遭殃——

「妳一直被周遭人們誤會對吧？」

和愛爾娜擔心的相反。

克勞斯撫摸愛爾娜的頭。

「這才是真正的不幸。像妳這樣的才女，卻沒有得到正確的評價。」

「什、什麼？」

無法理解狀況，她忍不住發出疑問聲。

「妳做得很好。」

在她眼前，克勞斯以憐愛的神情點頭。

「妳——比任何人都幸運。」

那句話，超越了愛爾娜的理解範圍。

她在溫暖的手底下，回想起某個精神科醫師的話。

◇◇◇

「嗯，小姐。我要宣布妳的診斷結果了。」

「不幸體質……雖然我為了方便而如此稱呼，但實際上不可能有那種不科學的體質。」

「或許應該稱之為自罰傾向吧。」

「貴族豪宅的火災……我記得在那場火災中，只有一名千金小姐存活下來。」

「因為那件事，妳被『只有我還活著太狡猾了』這個妄想給纏住。」

「所以，妳會無意識地尋求懲罰。」

「有自殺傾向者會有割腕的行為，而妳這應該算是近似的病例。就像反覆自殘的人不會馬上自殺一樣，妳雖然也反覆自罰，卻不會給予自己死去的懲罰，因為這純粹只是一種讓精神穩定的手段。是自罰傾向，不是自殺傾向。」

「倖存下來的我要拯救許多人……就連妳的這份夢想，從客觀的角度來看，自罰意義也相當濃厚。」

「不可以責怪自己喔。因為那樣又會讓妳有自罰傾向。」

「不過，我想妳——恐怕會持續反覆那個循環吧。」

◇◇◇

那段說明，也許是愛爾娜的能力的合理解釋。

愛爾娜是自己走向不幸。她會無意識地尋求不幸，但同時理性又會制止她那麼做。無意識不斷地尋求、發覺能夠懲罰自己的不幸，讓愛爾娜朝著不幸而去。

儘管要她不要責怪自己，但是能夠忍住不那麼做才奇怪。

假使因為不幸而受傷的只有她那就算了，但是，愛爾娜的不幸卻時常牽連到周圍其他人。不只是旁邊的東西，甚至連溫柔善待愛爾娜的人也是。

她一直覺得那樣的自己好醜惡。一直瞧不起骯髒的自己。

在培育學校裡，交不到任何朋友也是理所當然。

然而，眼前的男人卻不知為何撫摸著自己的頭——

「多虧有妳，許多人因此得救。失控的車輛有衝撞其他行人之虞。傾斜的鍋子要是就那麼猛地倒下，熱水有可能會濺到商店街的人們。狂犬會咬傷孩子，磚頭會砸到女性。」

「耶？」

她不由得發出怪聲。

克勞斯的話，有一方面的確正確。

今天經歷到的不幸，全都發生在有他人在場的地方。要是沒有克勞斯出面處理，一定會出現其他犧牲者。

愛爾娜誘導，克勞斯助人。

經他這麼一提，好像也是可以從那方面來解讀——

「那、那是碰巧呢！」

愛爾娜拉開嗓門。

「純屬意外！愛爾娜是故意誘導老師，好讓老師受傷的呢！我們計劃趁老師疲憊虛弱的時候，全員一起襲擊你呢。什麼助人的只是偶然的呢！」

她情不自禁地將計畫全盤托出。

為什麼自己會這麼激動，這一點連她也不知道。

「愛爾娜！是不幸、不祥、不受歡迎的人物呢！就算老師漫不經心地說什麼幸運，也只會讓人覺得火大呢！不要隨隨便便說那種話。居然還摸愛爾娜的頭，老師把愛爾娜當成小孩子是嗎！在老師身邊的，是既醜惡，又會為了自我滿足而把他人捲入不幸的惡魔呢！」

「可是我沒有被捲入不幸啊。」

「那是……」

「嗯，妳的頭髮沾到灰塵了。」

始終一副我行我素的態度，克勞斯又碰了一次愛爾娜的頭。

（為什麼他有辦法這麼毫不遲疑地觸碰愛爾娜呢……？）

愛爾娜急忙用力甩開他的手。

（明明遭遇到那麼多不幸，卻還是顧慮愛爾娜的感受呢！明知愛爾娜的力量、惡意，卻還是能夠平心靜氣呢！世上怎麼會有如此離譜的——）

「愛爾娜，妳怎麼了？」克勞斯問道：「——妳在哭嗎？」

「…………………呢！」

「嗯？」

「呢！」

「呢？」

「才、才沒有哭呢……！」

「這樣啊。」

克勞斯沒有點出事實。

那份溫柔讓人舒適得不得了。

讓人內心溫暖得不得了。

「總之，國民因妳的幸運而得救，我要好好地獎勵妳。妳有希望我帶妳去哪裡嗎？」

面對克勞斯的提議，愛爾娜搖搖頭。

「愛爾娜哪會知道那種事情呢。」

「我是在詢問妳的願望耶。」

「這是……第一次呢。」愛爾娜擦拭眼頭。「這是愛爾娜有生以來第一次和某人約會呢。」

「……這樣啊。既然如此，那就由我來護送妳吧。」

沒有否定這是約會，克勞斯輕巧地邁步。

徹底遺忘襲擊一事。

克勞斯篤定地說「迪恩共和國裡，沒有其他乳酪蛋糕能夠超越這個」的蛋糕，味道確實格外美味。在位於地下室的會員制餐廳裡，愛爾娜原先很緊張，不過吃了送上桌的蛋糕後，立刻就轉換了心情。彷彿消失在舌尖的滑順口感，即使是以貴族千金身分生活的時候，也從未品嚐過如此美味的甜點。她一下就把蛋糕吃光了。

克勞斯也吃完一塊之後，又替兩人各追加了一份。

「……我還年輕時，師父曾經帶我來這裡作為獎勵。」

他很難得地談起過去。神祕的他似乎也有「老師」。

不知為何因此感到開心，愛爾娜也開口說道：

「真是的，愛爾娜真的很慘呢！第一次來陽炎宮那天也是，不僅搭火車時發生意外，預計要搭的巴士也坐過站，好不容易搭上的巴士又爆胎，實在是有夠倒楣的呢。」

「妳突然變得很多話呢。」

「老、老師這樣說，讓人好難為情呢。」

「不，我懂妳的心情。我也是在親近的人……在家人面前就會變得滔滔不絕。」

「是同伴呢！」

就在兩人一來一往地交談時，愛爾娜突然感應到一股刺激竄入鼻腔。

——感應到不幸的氣味。

——而且相當強烈。

克勞斯眼尖地察覺到她的不對勁。「怎麼了？」

「沒、沒什麼……」

愛爾娜猶豫了。

（要是說出來，老師說不定會離開呢……）

她無法連所有不幸的細節也預測出來。

她只是憑直覺嗅到了「也許會降臨在自己身上的不幸的一部分」，不知道具體是什麼。

那個「氣味」是平時的她，絕對不會去接近的刺鼻味。

（可是……如果是老師，他一定沒問題……？）

好想要測試看看。

看看眼前這個人，是否會一直陪在自己身旁。

這是傲慢又幼稚的想法。愛爾娜有這樣的自覺。

可是，她依然受到想要確認克勞斯是否值得信賴的慾望所驅使。

——說不定到頭來，他一樣也會離自己而去。

——如果這種想法是錯的，希望他能證明自己不是那種人。

愛爾娜下定決心，探出身子。

「老師，希望你能陪愛爾娜去一個地方呢。」

兩人前往的地方，是往來行人稀少的巷子。

港口的倉庫林立。由於此刻已是市場即將打烊的黃昏時分，四周一片寂靜。海浪在碼頭上拍打出聲，然後又漸漸退去。連白天看起來都是藍黑色的港口海水，到了夜晚又更增添了幾分陰森感。無數擺不進倉庫的貨櫃堆疊，製造出宛如巨大城市的黑影。

愛爾娜用雙手按住鼻子。

周圍瀰漫著嗆鼻的「氣味」——只有她才能感應到的不幸氣味，此刻正不斷刺激鼻腔。

心臟怦通怦通地跳動。

除非有必要，否則她不會主動投身不幸。

接下來即將發生什麼事情，她難以想像。

就在她屏住氣息時，克勞斯緩緩地停下步伐。

「愛爾娜，我想妳已經知道了。」他開口：「我們被包圍了。」

愛爾娜沒有發覺。

克勞斯才說完，就有好幾個男人接連從倉庫後方現身。八個男人舉著手槍，包圍住愛爾娜等人。他們個個長得凶神惡煞，看起來並非善類。

「你們是誰？」克勞斯皺著一張臉問。

臉上有刺青的男人低聲威脅。

「不准動。我們手上有人質。」

「人質？」

「我已經知道了啦。你們是區議會議員的千金和保鑣對吧？」

克勞斯微微傾首。「千金？你認錯人了吧。」

「哈，我就知道你會這麼說。不過啊，我們全都調查清楚了。」

包圍四周的男人們面露奸笑。

「議員的女兒應該不會對區民見死不救吧？就算裝傻也沒用喔。我們已經掌握所有關於你們的情報了。」

被挾為人質的，似乎是某個「區民」。

無法理解眼前的狀況，愛爾娜小聲向克勞斯問道：

「這是怎麼回事呢？」

「不曉得。對方應該是誤會了……不過他們好像不肯聽人解釋啊。」

男人們確實似乎十分堅信自己獲得的情報——

愛爾娜將身體貼近克勞斯。

「……老師，你有辦法打倒他們嗎？」

「…………」

「老師？」

克勞斯吁了一口氣。

「沒辦法。」

「咦？」

「對方手裡好像真的有人質。只能順從他們的要求了。」

克勞斯的語氣極為冰冷。

眼前頓時一黑。

出乎意料。這樣的不幸實在來得太唐突了。

光憑愛爾娜無法應對，克勞斯也毫不反抗地舉雙手投降。

「用鍊子把他們綁起來。」刺青男吐了口口水。「把他們全身綁好、上鎖，再用蠟把鑰匙孔堵住。這麼一來，就算是大象想必也逃不了。」

愛爾娜沒有漏聽克勞斯口中吐出微微的嘆息。

男人們拿出來的鍊子，直徑將近一公分那麼粗，不可能扯斷。那條鍊子被以掛鎖固定住，一旦被塗上蠟，就算要解鎖也辦不到。

雖然應該是偶然，不過這群男人對克勞斯做出了完美的因應對策。

不幸——

愛爾娜仰天嘆息。

行李全被搶走，愛爾娜兩人被迫坐上車。車子開了兩小時，抵達位於市郊的山中小屋。這裡似乎就是大本營。就算大喊，恐怕也不會有人聽見。

唯一可以依靠的克勞斯採取靜觀態度，完全沒有反抗。

「老大來之前，給我在這邊待著。」

兩人被推進山中小屋的倉庫。男人們從外面上了鎖。

那是一個兩人一坐下，就會顯得擁擠的狹小空間。空氣潮濕，而且因為沒有窗戶，所以光線昏暗。

克勞斯在旁邊不住扭動身體。

守衛大罵：「敢亂動就開槍殺了你！」

倉庫裡有小窗子，一個男人從那裡目不轉睛地瞪著兩人。

「沒辦法開鎖啊。」克勞斯低喃：「全身動彈不得，沒有可以出入的窗戶，又有手持步槍的守衛。雖然有可能是自詡為革命家的共產主義者，不過手法也太高明了。他們究竟是什麼人？」

他似乎姑且試過開鎖，可是好像失敗了。

「其他成員怎麼了？依照預定計畫，妳們不是打算讓我筋疲力竭之後襲擊我嗎？」

愛爾娜微微搖頭。

「通訊器被拿走了，沒辦法通知地點呢。」

「這樣啊，這下麻煩了。」

「老師，對不起。」

從口中溢出的是道歉的話語。

「全部都是愛爾娜害的呢……是誘導老師的愛爾娜的錯……」

「不對，錯的是那些男人。」

「愛爾娜總是帶給人們不幸……牽連、傷害某人……所以，愛爾娜好希望有一天可以拯救眾人……結果卻無法和任何人合作。」

「……」

「愛爾娜果然應該要孤零零的才對呢……」

自己害克勞斯受到連累。

因為不安而輕率地測試了他。

愛爾娜緊咬嘴唇。

心裡想著，不管何種報應都願意承受，只希望克勞斯能夠活下來。

「…………………」

克勞斯沉默無語。

即使看著他缺乏表情的側臉，也察覺不出他的想法。

「妳太自虐了。還是快點打破現狀好了。」

「……老師有解決辦法嗎？」

「不曉得耶，畢竟這些傢伙的真實身分還是個謎。」

克勞斯大口吸氣。

「不過，我會使用萬能鑰匙啦。」

低聲說了句「這點程度算不上危機」，克勞斯開始行動。

等了一陣子，倉庫的門打開了。

兩人被帶到山中小屋的本館。像是大廳的地方裡，聚集了十名一臉凶神惡煞的男人。在中央的，是一個讓部下陪侍在側、深深坐在椅子上的男人。大概是集團的老大吧。

「嗨，好久不見啦，小姑娘。」

愛爾娜對那男人的長相有印象。

「你是昨天的……」

是把愛爾娜帶進巷子裡的男人。他全身包著繃帶，雖然看似受了重傷，不過仍保住一命。

不幸──

原以為對方只是小混混，沒想到居然是有十名手下的集團老大。

「我聽說了喔。聽說妳是議員的女兒？其實我本來是想輾死妳，但是因為聽說綁架比殺了妳要來得好，於是就改變計畫了。」

「那輛失控的車子是──」

「是我下令殺死妳這個狂妄小鬼的。不過妳放心，後來我得到了值得一聽的好情報，決定不殺妳而是擄走。這下可以靠贖金獲得豐厚的革命資金了。」

大概是傷口發疼吧，男人皺著臉站起身。雖然他說不打算殺人，眼中卻顯然藏著對愛爾娜的復仇火焰。

雙腿頓時無力。

就在男人朝愛爾娜走近、伸出手時，克勞斯開口：

「不准碰那孩子。」

即使被鍊子綁住全身，克勞斯的態度依舊不變。泰然自若，大大方方地毫不畏縮。

「我勸你住手。只要你現在馬上放人，我就不跟你們計較。」

他一臉無趣地嘆了口氣。

「你們是甚至沒被列入警察情報網的弱小團體吧？根本不配當我的對手。」

那副態度只會煽動男人的情緒。

「少給我裝模作樣了！」

男人怒吼一聲，毆打克勞斯的臉。

克勞斯發出呻吟，倒在地板上。儘管在愛爾娜看來，他似乎轉動脖子、降低了衝擊力道，但是真偽不明。

「我也得到關於你的情報了喔。聽說你是厲害的保鑣？不過啊，現在你只是一個被鍊子綁住，鑰匙孔也被堵住的人偶罷了。」

男人用腳踹克勞斯。

「真可憐。不過，這也沒辦法，誰教你要當這位小姑娘的保鑣，過著富裕優渥的生活呢！你這隻有錢人的走狗！」

話說完的同時，男人將克勞斯的臉往上一踢。

聽似痛苦的呻吟從他口中溢出。

那或許不是演技。

男人好幾度踐踏克勞斯，而每一次，克勞斯都咬緊牙根。

「給我安分點，要是敢嚷嚷，小心我真的殺了你。」

可能是累了，男人肩膀上下起伏喘氣。最後他又踹了克勞斯一腳，才把身體轉向愛爾娜。

這次輪到自己了嗎？

愛爾娜的眼眶滲出淚水。

但是，當男人走近愛爾娜時，鏗鏘有力的說話聲又在房內響起。

「──我再警告你一次。」

克勞斯一臉痛苦地站起來。

「你……你這傢伙——不准碰那孩子。」

男人將視線轉向克勞斯。

「你搞不清楚狀況是不是？」

他語氣中混雜著極度的不耐煩。

「我要變更計畫。雖然情報說可以把你當成談判籌碼，別殺比較好，但我改變主意了。」

「……你是從哪裡得到那個錯誤不實的情報？」

「干你屁事！」

怒吼一聲，男人從懷中掏出手槍。

周圍的手下們也「老大！」地出聲，勸阻他的行動。

可是，男人沒有罷手。他將槍口對準了克勞斯。

事到如今，克勞斯依然面不改色。「情報來源是……少女嗎？」

「……！」一瞬間，男人臉上浮現動搖神色，隨即又開口說「我要殺了你」，將手指扣在扳機上。

「老師！」愛爾娜大喊。

下一刻，房內響起槍聲。

克勞斯的身體微微彈跳。

周圍的男人們後仰身體。

「——好極了。」

用纏滿全身的鍊子彈開子彈。

克勞斯在受到拘束的狀態下起身。

犯罪集團的男人們張大嘴巴，僵在原地。他們大概誰也沒察覺克勞斯的技能吧。

「我現在非常感動。上一次內心如此澎湃，究竟是幾年前的事情呢？」

和話語相反，克勞斯面無表情地開始說。

「以巧合來說太完美了。明明搞錯對象，應付我的對策卻十分周全。」

集團的老大可能是想消滅眼前的事實吧，接連開了第二、第三槍。

克勞斯利用鍊子彈開所有子彈。

沒多久，當手槍的子彈用盡時，克勞斯再次開口：

「讓我來猜猜看吧。企圖輾死少女卻失敗的你，這個嘛，遇見了一名銀髮少女。銀髮少女像在談論傳言似的，說出關於我們的不實情報，而你相信她，策劃了綁架行動。你選為當作人質的人，是偶然遇見的黑髮少女吧？我們的去處則是從白髮少女口中聽來的。我猜對了嗎？」

「你怎麼會……」

好像說中了。老大瞪大雙眼。

克勞斯吐了口氣。

「原來如此，可真有她們的。才短短十天，就有了遠超乎我預期的成長。」

說話聲音變小。

他用只有愛爾娜才聽得見的音量低語。

「哎呀呀，居然做到這種地步？只是為了一堂課──『為了抓到我，就把整個犯罪集團給牽扯進來』？原來如此，這樣不可能察覺得到。這些男人是認真要挾持人質，認真地在威脅我們。這項手法實在厲害。」

克勞斯說：

「她們體內沉睡著無限的才能。我果然沒有看錯人。」

這時，大概是忍受不下去了，老大激動地吼叫。

「你在嘀嘀咕咕些什麼？這次我一定要殺了你！」

可能是放棄用手槍殺人了，他取出刀子指著克勞斯。

「我只希望你告訴我一件事。」

克勞斯滿臉無趣地看著那幅景象。

「——我該陪你玩這場遊戲到什麼時候？」

他這麼搭話。

那句話是信號。

山中小屋的窗戶同時破裂。

犯罪集團的男人們發出驚呼。

踢破窗戶闖進來的，是「燈火」的少女們。

藍銀髮少女帶著傲慢的笑容，在轉眼之間用拳頭一一猛擊男人們的下顎。接著，百合將塗有毒液的針扎進男人們的皮膚，接連讓他們昏睡。

紅髮少女鑽也似的跑過戰鬥現場，迅速來到愛爾娜和克勞斯身邊。

「對不起，愛爾娜小姐……」

沉靜的語調。

紅髮少女取出巨大的剪刀，只剪斷愛爾娜的鍊子。

「妳帶來了超乎想像的幸運，所以在第一次的意外後，我們就緊急改變了計畫……」

百合和藍銀髮少女接著說。

「啊，我有阻止其他人喔。畢竟怎麼能讓愛爾娜感到寂寞呢！」

「妳不要顧著自保啦。」

克勞斯傻眼地垂下視線。

「快點作戰。在兩分鐘以內壓制敵人。」

受到那句話的激勵，少女們在房間內奔馳。

藍銀髮少女以驚人的速度接連打倒對手，百合則用毒藥讓倒地的男人昏睡。外面大概也有少女在待命吧，可以聽見槍響和男人的慘叫聲傳來。然而，那些聲響也在轉眼間就停止了。

愛爾娜只是靜靜地眺望同伴們的活躍表現。

「我找來的這群成員真的都相當厲害呢。」克勞斯在一旁聳肩說道：「愛爾娜，妳應該要和周圍其他人合作才對。」

「咦？」

「『燈火』也和我一樣，不會因為被捲入妳的不幸而喪命喔。」

過了指定的兩分鐘後，犯罪集團所有人都昏迷不醒，被綑綁起來。

灰桃髮少女以純真的口吻說「地下室有違法藥物～！」，一邊高舉著大袋子。如此一來，只要將犯罪集團交給警察，他們全員都會遭到逮捕。

接下來的問題是——

少女們包圍住全身被鍊子綑綁的克勞斯。

站在中央的百合挺起胸膛。

「好了，老師！這次我們總算勝利了！」

「居然使出這種手段。我差點就被殺掉了。」

「區區手槍應該要不了你的命吧？」

這應該就是計畫的全貌吧。

少女們恐怕是在愛爾娜險些被輾死時，發現犯罪集團想要取愛爾娜的性命，於是就變更了原先的計畫，打算讓他們拘束住克勞斯之後，再將犯罪集團瓦解。

雖然是遊走在倫理邊緣的奇招，卻有了成果。

身為目標的克勞斯被粗大鍊子綁住，動彈不得。

「好了，老師，再過不到五分鐘，警官應該就會趕到了。」

「妳們已經報警了嗎？手腳真快啊。」

「噗噗！再這樣下去，連老師也會被帶走喔。間諜被自己國家的警察偵訊，這樣實在很難看。不過，只要你宣布投降，舔舐我的腳、尊稱我一聲『百合大人』——」

「是時候了。」

一個餅乾碎掉般的「啪嘰」聲響起。

少女們全員發出「嗯？」的聲音。

只見克勞斯微微晃動身體後，鍊子就掉落在地板上。

克勞斯輕而易舉地就恢復自由之身。

百合輕輕拾起斷掉的鍊子。一公分粗的鍊子裂了開來。

「呃，這個鍊子……是用來綑綁猛獸的鍊子耶……」

「妳們下次最好準備給恐龍用的。」

克勞斯弄響關節，望向少女們。

「就憑妳們幾個，是當不了我的對手的。」

由於之後的發展不看也知道結果，於是愛爾娜閉上雙眼。

只有聲音傳入耳裡。

聽起來，成員們只抵抗了不到二十秒，就全部被拋出去了。

那天晚上──陽炎宮的大廳裡。

「居然都做到那種地步了還贏不了他，究竟是怎麼回事啊！」

「本小姐也覺得好挫敗！那個作戰計畫明明相當驚世駭俗啊～」

「真不愧是我們的老大……看來下次得把警察捲進來才行……」

「燈火」的少女們投入地舉行已成為例行公事的檢討會。她們拍打桌子，互相爭論。

尤其這一次，是連克勞斯都為之驚訝的大規模計畫，而且在徹底逮住他之前，一切都進行得非常成功，因此當時她們個個都雀躍地心想自己就快獲勝了。可是，那份確信卻輕易瓦解。眾人激昂地議論。

「我們應該重新從根本來思考。」黑髮少女以優雅的語調陳述。「要捕獲目標是不可能的，襲擊也沒有意義。應該要掌握住他的弱點或祕密加以威脅才對。」

「我們不是已經得到那麼做行不通的結論了嗎？」藍銀髮少女傲慢地用鼻子哼笑。「妳的色誘也一樣。」

「唔！那完全是一個錯誤！世上沒有男人不會屈服在我的性感魅力之——」

「妳打算再徹夜下西洋棋嗎？」

「實在太不合常理了！居然邀請來自己房間說『人家睡不著……』的少女下棋，聽到對方說『我們快點來做有趣的事情吧？』就拿出棋盤，接著聽到『我可以跟你撒嬌嗎？』這句話後又在西洋棋上讓步。這個男人到底是什麼人啦！」

「應該是西洋棋愛好者吧。」

「不然妳有什麼法子嗎？目標不但能打開掛鎖，連猛獸用的鍊子都能扯斷喔！這樣是要怎麼捕獲——」

「好了好了～不可以吵架！」

眼見議論再度白熱化，百合又拍手勸阻。接著，她把烘焙點心塞進互相激辯的少女們口中。

「現在最重要的是團隊合作，是同伴之間的情誼。來，這是特製費南雪蛋糕。」

「好吃……」「真的好美味……」

「呵！我又確實完成隊長的工作了。」

讓白熱化的議論冷靜下來，百合裝模作樣地吐氣。

在她身旁，紅髮少女以沉靜的語氣說道：

「可是……就現狀而言，要贏過那個人，最好的辦法就是將他捕獲……」

「話是這麼說沒錯。」

「真令人焦躁啊……我們連一個男人都抓不到，是要如何達成不可能任務呢……」

這番直接道出現實的冷靜發言，令大廳的氣氛變得沉重。

沒有人接話。儘管唯獨百合一人做出了積極正面的言論，但是就連她毫無根據的鼓舞話語都無法改變氣氛。

在那樣的情況下——

「那、那個。」

愛爾娜紅著臉，舉手發言。

「老、老師能夠扯斷鍊子是有原因的呢！」

顯然調整錯音量的說話聲。

愛爾娜顫抖雙唇之後，面紅耳赤地說下去：

「…………我、我們被抓的時候，老師將藏在口中的寶石吐出來，收買了守衛呢。接著，他讓對方用手槍對鍊子造成損傷呢。」

「啊，這麼說來，他在浴室也有提到準備過冬的松鼠……」

若是細細咀嚼克勞斯的話，或許能夠得出以下推論。

有許多間諜會將武器或寶石藏於體內——

他利用寶石和話術收買了守衛。之後挑釁對方的老大、誘使他開槍，對鍊子進一步造成損傷。即使是堅固的鍊子，只要擊出好幾發子彈仍能加以破壞。

當然，克勞斯在離去之際，並沒有忘了收回之前交出去的寶石。

「寶石和財富，換句話說就是收買。那是能夠打開所有鎖的萬能鑰匙。」

「萬能鑰匙……」藍銀髮少女低喃。

「老師之前打開掛鎖恐怕也是使用相同的手法。他收買愛爾娜等人之中的某個人，要對方事先告訴自己密碼呢。」

「意、意思是，我們之中有間諜嗎？」

聽了愛爾娜的話，百合大聲驚呼。她一邊後退，一邊對「燈火」的成員們投以懷疑的目光。

白髮少女凜然直言：「我們所有人都是間諜啊。」

之後，少女們陷入沉默。

有一件事情必須優先檢討。

「說到這裡……」黑髮少女說：「每次我們因為鎖的問題起爭執，都一定會有人出面仲裁呢。」

「嗯！還有人會特別強調『唯獨必須相信同伴』、『同伴之間的情誼』！」

灰桃髮少女以純真的口吻接著說。

藍銀髮少女一副已經明瞭一切般，面露傲慢的笑容。

「吶，百合，在下有個問題想問妳……」

「咦？」

「那個費南雪蛋糕，妳是從哪裡取得的？」

百合渾身僵硬。

汗水從額頭流下，她以沙啞的聲音喃喃地說：「現在最重要的是同伴之間的情誼啊……」

「「「「「……」」」」」

當然，少女們並沒有把那種戲言聽進去。

百合步步倒退，和成員們拉開距離，結果背一抵到牆壁，她便顫抖著雙唇開口：

「我、我只是……那個啦，是老師強硬地向我提議的。他說要對我進行『說謊訓練』，對大家進行『懷疑自己人的訓練』。哎呀～我真是受教了！原來協助者倒戈對手這種狀況，在實戰中有可能發生！真不愧是老師！答應他提議的我也好了不起！有時也會犧牲自己扮壞人的隊長！我、我絕對不是因為超級美味的甜點才上鉤喔！」

「…………………」

「話雖如此，我也只有告訴老師掛鎖的密碼而已。襲擊浴室的失敗和鎖無關！我並沒有做出需要被責備的背叛行為！」

「…………………」

「我要引用愛爾娜的話。『要是相信就輸了。這就是所謂的間諜呢』。欸嘿！」

啊，這傢伙沒救了。

少女們透過眼神共享想法。

那麼，要如何制裁叛徒呢——

「在下有個提議。」藍銀髮少女代表發言。「百合應該還有利用價值吧？目標現在還相信百合是自己人。既然這樣，我們就可以乘機下手了。」

「沒、沒錯！雙重間諜！這樣好有間諜訓練的感覺——」

「那就現在立刻執行吧。」

百合的表情瞬間凍結。

「呃，這、這樣恐怕會落得被老師痛扁的下場耶……」

「妳加油。」

「哎呀，妳們還是對我做更有效的利用啦。我保證不會再背叛妳們了，好嗎？」

「快點去。」

「…………是。」

百合垂下肩膀，離開大廳。

過沒多久──

「老師！我竊取到不錯的情報喔！請看看這份計畫書！好了，你再靠過來一點……哈哈！有機可乘！給我覺悟吧唔喔！居然把顏料塗在少女的鼻子上！」

天花板傳來這樣的聲音。

叛徒似乎已遭到制裁。

少女們滿意地點頭。

「愛爾娜！」

這時，灰桃髮少女帶著純真的眼神，蹦蹦跳跳地跑到愛爾娜身旁，然後神情愉悅地握住她的手，一下子將臉靠得很近。

見到那張天真無邪的笑容，愛爾娜不由得退縮。

「什、什麼事呢……？」

「妳好棒喔！」

聽了那句話，愛爾娜瞬間愣住。

抬起視線，只見其他成員也都對愛爾娜露出溫暖的笑容。

愛爾娜強忍著淚水，「……那當然呢。」地虛張聲勢。

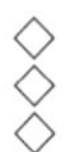

過了一會兒，愛爾娜來到克勞斯的房間拜訪。

被繩子綑綁住的百合遭棄置在地板上。看來她徹底反遭壓制。

「愛爾娜。」一面對著畫布的克勞斯開口：「妳可以幫我把那個沒用的傢伙攆出去嗎？我只要碰她，她就會大聲嚷嚷。」

愛爾娜聽從他的話，滾動百合。

百合開始表情猙獰地大呼小叫。

「老師！拜託你！無論什麼我都願意做！如果吃不到老師的費南雪蛋糕，我覺得自己好像會發瘋——」

「妳又背叛了呢！」

「快點把她趕出去。」克勞斯揮揮手。

深有同感的愛爾娜把百合送出房外。

「那個糕點有毒性嗎？」

「怎麼可能有。」

克勞斯遞出盤子。

上面排放著奶油如寶石般閃閃發亮的費南雪蛋糕。

「妳也要嚐嚐味道嗎？我正好想要下一把『萬能鑰匙』。」

「不用了呢。」

「我剛烤好喔。」

愛爾娜將鼻尖湊近盤子。聞到濃郁的砂糖香氣，她忍不住塞了一個到嘴裡。鬆軟的蛋糕化開，甜味在口腔內擴散開來。

「愛爾娜要背叛同伴了呢。」

「我開玩笑的。」克勞斯把整個盤子交給愛爾娜，要她也分給其他成員。「要是過度擾亂團體秩序就沒法訓練了。」

克勞斯雖然莫名給人一種機械般冰冷的感覺，但是嗜好出乎意料多。他會下西洋棋、烹飪，和畫水彩畫。他是萬能的天才嗎？

愛爾娜走近克勞斯，觀察他正在畫的油畫。以紅色顏料隨意潑灑的畫，看起來毫無進展。

畫布右下角寫了「家人」兩字。

「老師不完成這幅畫嗎……？」

「這個嘛……虧我都買好新顏料了，卻遲遲沒有靈感。」

克勞斯的眼中流露出哀愁。

儘管認識的時間不長，然而在成天襲擊又反遭壓制的過程中，也漸漸地開始能夠掌握他所流露出的微妙情感。

「陽炎宮之前的居住者，是老師的家人……？」

克勞斯屏住氣息。

以他來說，這是十分罕見的驚愕反應。

「沒想到這麼快就被妳看穿了。」

「因為有很多線索呢。」

「妳推理到什麼程度了？」

克勞斯蹺起腿，盯著愛爾娜。

愛爾娜一一地分段說明。

「陽炎宮之前有別人居住，老師一定是那支間諜團隊的一員。既然前居住者不在，就表示團隊已經解散，或是毀滅。恐怕是『燈火』即將挑戰的不可能任務——」

「原來如此，妳不用說下去了。」

克勞斯打斷愛爾娜的話，點點頭。

「妳的猜想大致正確。只不過，現在還不到可以公開的階段。」

「嗯……？」

「放心吧，我會在二十天後揭曉。如果是妳們，一定能夠順利撐到那時。」

正當愛爾娜疑惑地心想「為何是二十天後？」，他鏗鏘有力地說。

「然後我們就一起挑戰吧。挑戰令人迫不及待的不可能任務。」

3章　收集情報

the room is a specialized institution of mission impossible
code name hanazono

陽炎宮內響起少女的慘叫。

這一天的襲擊使用的是詭雷。

少女們布下多到充斥整個陽炎宮的陷阱。目標只要逃過一個陷阱，就會啟動兩個陷阱；若是避開了，緊接著又會觸發三個陷阱。在制伏目標之前不會結束的無止盡鐵絲地獄——原本應該是這樣，但是克勞斯不僅避開了陷阱，還反過來重新利用。於是，事情演變成克勞斯和少女們之間的陷阱大戰，並且最後由克勞斯獲得壓倒性勝利。

少女們為了掌握雙方所布下的陷阱，偷偷留下了暗號，可是那些暗號全都被改掉了。

結果，「燈火」的少女們全都被鐵絲綑綁全身，排放在大廳裡。

「啊啊啊啊啊啊，完全不行！」

面對如此淒慘的下場，黑髮少女歇斯底里地悲嘆。初來此處的她原本優雅又成熟，最近渾身散發出濃濃倦意。

「嗚嗚，沒想到我居然沒用到這種地步……連一公釐的成長都看不到！」

「——沒有那回事。」

克勞斯搖頭。

若是平常，他總是以「工夫下得不夠」打擊心靈之後，又用「連遊戲也談不上」給予致命一擊，但是這天不同。

克勞斯雙手交抱，一臉感佩地閉上雙眼。

「妳們變強了。訓練到現在已經快要第四週，妳們全都比第一天要成長許多。只是因為我太強才會很難感覺出來。」

「……真的嗎？」

「是啊。」克勞斯深深頷首。「至少，已經達到我能夠信賴的程度。」

聽了那句話，少女們面面相覷。

日復一日地襲擊，儘管獲得克勞斯「好極了」的評價，但坦白說她們只覺得自己被當成了傻瓜。雖然他本人似乎是想要大力讚揚眾人，可是那句話聽在她們耳裡卻像是諷刺。

——這或許是第一次被確實稱讚了。

她們彼此互望，品嚐那份成就感。

「差不多是時候說出來了。」

克勞斯在椅子上坐下。

「就是我成立『燈火』的理由，以及不可能任務的詳情。」

「我是對那則情報很感興趣啦……」百合打斷說明。「不過，能不能先解開我們身上的鐵絲？」

「我們所要偷的，是生化武器的樣本。」

根本沒在聽。

沒想到，居然會落得在雙手雙腳被拘束住的狀態下，聆聽最重要談話的下場。

接受如此超現實的狀況，少女們側耳傾聽。

克勞斯說要竊取生化武器——

白髮少女凜然插嘴。

「奇怪？國際條約不是禁止使用生化武器嗎？」

「但是並未禁止開發——軍方那群笨蛋投機地做此解讀，擅自進行了研究。結果，那個樣本被加爾迦多帝國的間諜搶走了。依照科學家的估計，對方要花上一年時間才能調查出武器的成分，但是情況不容許我們這麼樂觀。必須盡早收回武器的樣本，最壞時還得加以破壞。」

少女們了然地點頭。

軍方和情報機關的步調不一致，這在間諜界是眾人皆知的常識。曾經耳聞，軍方幹部為了替遭受侵略一事雪恥而空轉，結果最後發明了新的生化武器嗎？

無論再優秀的情報機關，都無法掌握國內的一切。

而帝國瞄準了這個破綻。

「小、小妹想順便請問一下……」褐髮少女怯生生地發問：「被偷走的生化武器是什麼樣的東西？」

「要看實驗室的照片嗎？」

克勞斯從懷中取出照片。

看了那張照片，少女們無人不發出慘叫。

那是淒慘到無法形容的遺體。

在被綑綁、無法逃跑的狀況下看見這張照片，簡直有如遭到拷問。

「那個生化武器的名稱是『地獄人偶』。具體來說，就是殺人病毒。潛伏期長達一星期，一旦在那段期間飛沫感染、發病，十二小時內就會死亡。是一樣猶如惡意化身的武器。試試看把那種東西交到帝國手裡好了。對方可是為了暗殺，不惜把不相干的市民們牽扯進來殺死的傢伙。假使間諜將其用在破壞行動上，到時將會有幾十萬、幾百萬人死亡。若是用在軍事上，那麼整個世界就完蛋了。」

克勞斯語氣挑釁地說：

「這下感受到壓在我們雙肩上的壓力有多大了吧？」

好幾百萬人死亡——

這說不定還只是保守估計的數字。

帝國是在先前的大戰中，虐殺了大量人民的國家，向來不擇手段。倘若帝國順勢使用了這個武器，到時迪恩共和國也將跟著使用。如此一來，彼此不斷散布殺人病毒的地獄景象將會上演。造成的損害之大，難以想像。

少女們不禁嚥了口水。

她們開始感受到，自己即將挑戰的任務有何意義了。

「過去，曾經有一支團隊挑戰過這項任務。其名為『火焰』。」

「火焰……」對那個詞產生反應的是黑髮少女。「我知道他們！」

「哦？沒想到情報居然洩露了，看來『火焰』也不夠成熟啊。」

「怎麼可能不夠成熟！那可是迪恩共和國最強的間諜團隊耶！」

她捨棄平時優雅的語調，劈里啪啦地開始說。

「火焰」是本國的間諜團隊的頂點，是從戰前就持續保護國家的功臣。大戰時，「火焰」竊取出敵國軍方的情報，幫助數十萬人民逃離戰火。說起來，戰爭之所以終結，也是因為「火焰」釋出了假情報，讓帝國陸軍的幹部決心戰敗——

可能是有什麼淵源吧，她對「火焰」相當熟悉。

「我就是因為想要加入『火焰』，才立志成為間諜的！」

最後拋下這句話，她結束了演說。

相對於激昂發言的她，克勞斯的反應則十分冷淡。

「很遺憾。」他冷冷地說。「『火焰』全滅了。」

「咦？」

「全員在取回『地獄人偶』的任務中喪生。」

黑髮少女雙唇發顫。「不會吧……？」

「更正確地說，有一個人活了下來。就是當時為了其他任務脫隊的我。」

「我曾經是『火焰』的一員。」克勞斯補充道。

這時，少女們才總算知道克勞斯的真實身分。

——本國最強的間諜團隊的一員。

這一點沒有太讓人驚訝。憑他的實力，這樣算是很合理。

「說明到此為止。背負關乎整個國家的責任，完成『火焰』沒能達成的任務。那就是這件任務的全貌。」

像是就此結束說明似的，克勞斯閉上嘴巴。

少女們發不出聲來。雖然本來就不太樂觀，不過見到事實活活生地擺在面前，還是讓人有種身體凍結的錯覺。

我們這群吊車尾必須去挑戰一流間諜失敗的任務。

好可怕，脊髓反射地想要這麼尖叫。

死亡率九成——這個事實是如此沉重。

可是，不可以逃避。悲慘的橫死屍體已烙印在腦海中。假使我們不行動，將會有數不盡的國民淪為犧牲者——

「妳們如果想逃也行。」

就在少女們心中的不安滿到快要爆裂時，克勞斯開口。

這個意想不到的提議令少女們瞠目結舌。

「沒關係。我的復仇當然不用說，實在沒理由要妳們為了可能死去的幾百萬國民賭上性命。那只是在圖國家和我個人的利益罷了。當然，我會選出妳們是有『理由』的。我希望妳們來，但是妳們不來也無妨。我不能為了國家，強迫妳們執行殘酷的任務。」

克勞斯望著少女們。

「我會安排一天休假。妳們自己決定要不要去吧。」

他手一揮，拘束少女們的鐵絲隨即彈開。接著他一副話已經說完了似的轉身，朝自己的房間走去。

少女們為了理解事態費盡全力。資訊量太多了。不可能任務的內容、克勞斯的真實身分、本國頂尖團隊的逝去，必須一樣一樣在腦中整理的她們反覆眨眼，在原地動彈不得。

在那之中，有一名少女率先出聲。

「我會去喔。」

是百合。

克勞斯停下腳步，轉過身。

「真教人意外。沒想到妳會是第一個。」

「這個嘛，因為我想說煩惱再多，結果大概還是一樣。」她難為情地撫摸後頸。「其他人打算怎麼做？」

少女們彼此互望之後，微微地揚起嘴角。沒有人提出反對意見。

誰也沒有做出「先等一下」的發言。

「妳們七人都要執行任務是嗎？」

克勞斯再次確認。

少女們點頭，對克勞斯回以堅定的眼神。

「好極了——所有人一起活著歸來吧。」

克勞斯微微頷首。

克勞斯在自己的房間裡，坐在畫布前。

「……………………………………」

這是每天的例行公事。

他把工作、自主訓練、應付少女們以外的時間，全部花在油畫上，然而進度卻是零。即使拿起筆想要畫畫，卻不知道該如何下筆。注意到時，筆尖已經乾透了。

陷入低迷的原因很明顯。

獲悉「火焰」毀滅的那一天——他失去了某個重要的東西。

油畫毫無進展。

藝術有分成憑理論及憑感覺描繪的類型，不用說，克勞斯顯然是屬於後者。一旦受挫了，就找不到方法從中脫身。非但如此，其他所有事情也都會跟著亂了套。

難得感到焦躁。

他對於這件任務的重視程度就是如此深切。

（奪走我家人的任務……）

他是孤兒。自從懂事開始，他就一直在被稱為貧民窟的街頭生活。也被孤兒集團疏遠的他，生命本該注定就這麼孤獨地消逝。

然而他在那樣的生活中，遇見了基德，被邀請加入「火焰」。

「克勞斯——這是你的新名字。我會將你培養成間諜。」

只要閉上雙眼，他對自己說過的話就會在腦中響起。

「這裡有溫暖的床、食物，還可以洗澡。最重要的是，這裡有同伴。」

「全體同伴會教導你所有技術。只不過會稍微嚴厲一點就是了。」

「他們雖然全是怪人，不過個個都很有趣。總有一天，你會把他們當成家人的。」

基德說得沒錯。

對克勞斯而言，在陽炎宮一同生活的成員就是他的家人。

（無論如何，我都要將這件任務——）

他像是一頁頁地翻動厚重書本般回顧過去，沉溺在感傷之中。

沉浸在回憶中一陣子，這時房外傳來敲門的聲音。

他還沒回應，百合就把頭探了進來。

「嘿，老師、老師，作戰方針決定好了嗎？」

「先不說那個——」

克勞斯將視線移開畫布。

「這樣真的好嗎？初次見面時，妳不是連續呼喊著不想死？我還以為妳會稍微猶豫一下。」

「咦，沒想到你會這麼反問我。」

百合露出退縮的神情，大剌剌地坐在椅子上。

最近，少女們在克勞斯面前總是一副隨心所欲的態度。可能是因為她們成天拿刀撲向克勞斯，所以變得無所顧忌了吧。

「嗯～雖然我也不曉得要怎麼說……」

百合撓撓臉頰。

「……老師，你聽了可別嚇一跳喔。」

「什麼事？」

「其實，我的個性還挺以自我為中心的喔。」

「這有讓人嚇一跳的要素嗎？」

「我的意思是，我在培育學校時，只會『好想大展身手！』、『想要被奉承！』像這樣以自我為中心地空想，而沒有具體的目標。來到這裡之後，也只是因為得到隊長這個頭銜，就得意地快要飛上天……」

百合仰望著天花板喃喃地說。

「不過最近，我開始想要為了這些同伴，成為一個更棒的隊長了。」

「哦……」

真意外。

克勞斯除非有必要，否則不會干涉少女們的內心。看來在他不知道的時候，少女的內心起了變化。

正當他為此感嘆時，百合突然抖動全身。

「唔，我只要正經說話三十秒，身體就會開始發癢。」

「身為人類那樣沒問題嗎？」

「總之，我會挑戰任務啦。事到如今，請老師不要再確認我的心意了，這樣很不識趣耶。」

百合像要蒙混似的露出靦腆表情。

她的臉頰微微泛紅，好像真的覺得很難為情。

「……說得也是，現在只要想作戰的事情就好。」

自己的第一批學生似乎順利成長了。

克勞斯豎起兩手的食指，配合說話內容依序彎曲。

「妳們從研究所的東邊潛入。我則從西邊潛入。」

「嗯嗯，收到。」

避免提及具體事項，僅傳達大略的方針。

「我們要在執行日之前盡可能收集情報。我很期待妳的表現喔，『隊長』。」

百合似乎就是想聽那句話。

她喜孜孜地嘀咕一句「天才百合要大顯身手啦」，之後就跑出房間。

一星期後，「燈火」的成員從陽炎宮出發。

他們分成兩組入境。克勞斯和數名少女以藝術家身分取得工作簽證，包括百合在內的其他少女們則是在富家千金來看戲的設定下，取得觀光簽證。護照當然是偽造的。

他們在入境審查處受到嚴格的追問，被詳細詢問居留原因和住宿地點。對方共有兩人。入境管理局的職員負責提問，後方則有軍人嚴厲監視。大概是為了防範情報員滲入吧。手提行李也全部被打開來確認。若是沒有把事前準備好的謊言牢記在心，肯定會立刻遭到逮捕。

可是，花了半天時間跨越國境後，接下來就輕鬆到讓人掃興的地步。

沒有被跟蹤的感覺，火車的車票也很輕易就買到。在車站的販賣部裡，店員的招呼聲也十分友善。

少女們想起克勞斯的講課。

針對入境後的行動——

「只要順順地走就不用擔心。」

他大略做了解說。

因為又被少女們吐嘈，他苦思一會兒後接著說明：

「實際上只要入境了，就可以很輕易地混入其中。需要警戒的，是開始和要員接觸之後。途中不必太過緊張兮兮。」

「為什麼會那麼輕鬆……？」

「身處間諜世界的妳們很難理解，但是對世人而言，戰爭早就結束了。雖然有很多國民憎恨敵國，不過他們並不認為自己現在仍在和敵國打仗。他們無從得知間諜之間的爭執。」

「總覺得有點寂寞耶。」

「不，那樣就好。那就是所謂的『影子戰爭』。」

跨越國境之後，成員們搭上火車。

百合身旁坐了一家人。大概是去參加了喪禮吧，所有人都身穿黑衣。看似兄弟的孩子雙眼發亮，把臉貼在窗上往外看。

在他們眼裡，這是一個和平的世界。

不知道自己國家的間諜使出了何種手段，就這麼渾然不覺地活著。不知道他們收買政治家、讓金錢流向幫派、威脅研究人員，並且在那段過程中殺人，然後偽裝成意外的真相。

以及坐在隔壁的是敵國的間諜。

這真是一個不可思議的世界啊，百合心想。

我們所擁有的間諜身分——

正當她靜靜地思考，鄰座的小男孩忽然離開窗戶，跑到百合等人身旁。

「吶，大姊姊，妳要去哪裡啊？」

「嗯？我要和朋友去看戲喔。是在帝都引發話題的音樂劇。」

「好棒喔！那妳們要住哪裡呢？」

「呵呵，你真是人小鬼大。不可以問女孩子的住宿地點啦。」

迴避繼續和男孩對話，百合心想。

要是有一天，我可以真的和朋友去旅行就好了。

像眼前這孩子一樣，忘卻「影子戰爭」，開心地笑。

抵達目的地的車站後，她裝作不曉得該往哪裡走，坐在長椅上。

就在她和其他少女攤開地圖來看時，一名男性在背後另一張長椅坐下。

「接下來分頭行動。」

背後的男性沒有看向這邊，如此說道。

「按照計畫行事。還有什麼要說嗎？」

「下次見面時再說就好。」

「也對。」

男性離去。

百合等人也動身前往已經訂好的旅館。

這代表著不可能任務已然展開。

恩蒂研究所位在加爾迦多帝國的首都近郊。

加爾迦多的首都不愧是世界第一大都市，放眼望去到處都是高層建築。迪恩共和國最大的大樓，是兼做國會議事堂的八層樓建築，而這裡矗立著無數更高的建築。可能是帝國特有的樣式吧，每棟建築都是尖塔。彷彿要衝入雲霄的巨大黑塔林立的模樣，既毛骨悚然又令人驚嘆。

這座城市從中世紀開始便是繁榮的首都。據說由於四周環山面海，易於防禦侵略者的攻擊。尖塔則大概是源自有效利用有限土地的文化吧。

憑藉暴力，極盡繁華超過千年的城市。

恩蒂研究所興建於俯視那座針插般城市的位置。

懸崖之上。

從好的方面來說，很醒目。

從壞的方面來說，潛入路徑有限。

那便是「燈火」將要潛入的建築。

「生化武器的樣本藏在恩蒂研究所的某處。上面安裝的發訊器到那裡就斷訊了，沒有移動的跡象。」

他們事前舉行了作戰會議。

「我們的目的是潛入那裡，把樣本偷出來。」

「……戒備應該相當森嚴吧？」

「那裡表面上是普通製藥公司的研究辦事處之一，實際上卻是研究最新武器的機關，戒備相當森嚴。應該有軍人組成警備隊常駐在那裡。事前能夠收集到多少情報至關重要。」

「有可乘之機嗎……？」

「那當然。既然是人在管理，就一定有漏洞可鑽。和機械不一樣，不管是什麼樣的人，都得吃飯、排泄、洗衣服、回家，有時還會跟人上床。」

克勞斯對少女們說。

「我要妳們分成三組行動。」

「情報組——和別組合作，收集情報。」

回想起克勞斯的指示，黑髮少女優雅地微笑。

她正在夜晚的露天咖啡館裡待命。

保養完因為忙著和克勞斯對抗而疏於照顧的肌膚，重拾華麗的美貌後，她投身任務當中。

成員之中最成熟、身材曼妙的她，很清楚自己在男人眼中是什麼樣子。服裝清純而不奢華。更能夠吸引男人的不是暴露的衣裳，而是完整包覆肌膚且能夠突顯身體曲線的服裝。強調腰部線條的洋裝最為理想。

她在咖啡館的露天座位區品嚐冰咖啡。她一將身體往後仰，鄰座的男性客人便斜眼窺視她的胸部。戴眼鏡的青年在那之後也不時地游移視線。

黑髮少女再次確認自身的魅力，不禁暗自竊喜。她重拾了因為克勞斯而差點喪失的自信。

（其實我很想馬上潑灑咖啡，和目標接觸，不過……）

出現在腦中的，是與克勞斯之間的戰鬥。

假裝道歉和對方搭話——這種強硬的手法會讓對方產生戒心。

不能重蹈覆轍。

所以，她謹慎地耐心等候。不可以著急。動作只要稍稍一亂，克勞斯立刻就會看穿。要把目標當成是那個男人。

她耐心地等了將近二十分鐘，等待時機到來。

（最好的辦法……不是向對方潑灑，而是讓對方把飲料灑到我身上。）

男性客人站起來的瞬間，她抓準時機，將玻璃杯移動到桌子的邊緣。男人的包包撞到了杯子，玻璃杯於是摔到地板上，應聲碎裂。咖啡濺到了少女的衣服。

「啊啊，對不起！我願意賠償妳！」

男人出乎意料地慌張，伸手想要撿起破掉的玻璃杯。

黑髮少女抓住那名男性的手。

「危險。不可以碰碎玻璃喔。」

手被握住的男性面紅耳赤。看來他和女性往來的經驗不多。

不是她的對手。

「啊，對不起，突、突然握住你的手。」黑髮少女裝得一派清純，向男人賠罪。「不過……你的手好漂亮喔。你是工匠嗎？」

「不、不是，我只是普通的研究員……」

「好厲害！所以你是知識分子嘍！」

男人語無倫次地邊說邊搔頭。打破玻璃杯的罪惡感和被美麗少女握住手的興奮感，似乎讓他一時腦袋轉不過來。

黑髮少女握著他的手，連珠炮似的說。

「呵呵，大哥哥。我這件衣服很貴喔。你不為了弄髒我的衣服道歉嗎？」

「呃，這、這個嘛……」

「正好我被人放鴿子了。吶，大哥哥，你至少陪我吃頓飯啦。」

見到少女笑著這麼說，男人戰戰兢兢地點頭。

「特殊組——運用其技能，支援別組。」

金髮少女——愛爾娜用鼻子哼著歌，走在首都近郊的道路上。

雨剛停不久的夜晚。儘管天上掛著月亮，道路卻幾乎一片漆黑，甚至無法看見一公尺外的地方，愛爾娜途中有好幾次都差點摔倒。由於天氣變冷了，她數度吐出氣息來溫暖雙手。周圍是一大片的田地，連疑似民宅的建築也沒有。

一輛點亮大燈的車子，像是要撕裂黑暗般從對向的馬路駛來。

愛爾娜抽動鼻子、確認周圍沒有危險後，悄悄地衝到車子前方。

駕駛的尖叫聲和震耳欲聾的喇叭聲響起，愛爾娜輕輕地倒臥在地。

「妳、妳沒事吧？」一名女性從緊急煞車的車內衝出來。

愛爾娜發現自己身上的衣服不夠髒，趕緊偷偷地把泥巴抹在裙子上，然後開始假哭。

「我、我好害怕呢……我出來散步卻不小心走太遠，天都黑了，這時正好看到有車來……」

女性驚慌失措地提議要送愛爾娜回家。她讓愛爾娜坐上後座，驅車離開。她似乎對渾身是泥的少女懷有罪惡感。雖然對她感到抱歉，不過現在不是在意這種事情的時候。

「那邊右轉！」在愛爾娜的引導下，女性急忙將方向盤往右轉。

車子陷進了路旁的泥濘中。

右前輪傾斜，車子停了下來。

這裡是道路未經鋪設的郊外，尤其在剛下過雨的路面上行駛，經常會發生這種事。

女性踩了好幾次油門後搔搔頭，提議：「我要下去推車，妳可以幫忙握住方向盤嗎？」

女性一下車，愛爾娜就坐上駕駛座，若無其事地在座位上翻找。當她抽出藏在縫隙間的信封，車子也正好同時脫離了泥濘。

被送達住宅區一角的她，揮著手說「大姊姊，謝謝妳！」，目送女性。

等到看不見車子了，另一名少女從住宅的暗處現身。

是褐髮少女。她更顯不安地彎曲原本就看似憂愁的八字眉，觀察著愛爾娜。眼神怯懦的她一看到愛爾娜手上的信封，立刻「喔喔！」地發出歡呼。

愛爾娜將偷來的信封交給她。少女天真的笑容如謊言般消失，切換成冷靜的間諜面孔。

「……請盡快將這個送到情報組手中呢。」

「可以順便告訴小妹這是什麼樣的資料嗎？」

「剛才那個大姊姊是迪恩共和國的協助者呢。好幾年來，她都幫忙將寶貴的情報洩露給我國。但是——」

打開信封。

裡面裝著來自帝國陸軍部的指令。

「她向帝國倒戈了。假使盡信她提供的情報，後果將不堪設想呢。」

「哎呀～連自己人也懷疑果然是正確的。」

「……這是明智之舉呢。間諜就是要膽小一點才好呢。」

「也是啦，畢竟也有人會為了一塊糕點背叛同伴……」

褐髮少女靦腆地用手指吹響哨音。

「小妹已經做好寄送的準備了。如果是十公里外的地方，只要不到十分鐘就能送達喔。」

就在愛爾娜感到不解時，一隻老鷹朝兩人飛了下來。由於那隻老鷹猛地撞上愛爾娜的臉，她小聲地說了句「不幸……」就朝後方倒下。

老鷹銜起信封，以目測時速八十公里的速度，消失在天空的彼端。

「執行組——根據情報組所收集的資料，和關鍵人物接觸。」

白髮少女踏著凜然的步伐，走在大馬路上。儘管低著頭不讓人注意到自己，她仍一面以氣勢十足的凌厲目光掃射四周。

時間將近正午，路上擠滿了出來覓食的工人，熱鬧非凡。她撥開人潮前進，等待著和目標擦肩而過的時機。

「我也好想吃午餐喔。」一旁的銀髮少女——百合抱怨肚子餓。

白髮少女傻眼地應了句「待會兒再說啦……」，這時，對向來了一名身材魁梧的男人。是現在的目標。

正當她煩惱要不要向百合打信號，就聽見百合的肚子傳來咕嚕咕嚕的叫聲。看來她是真的餓了。只見她步伐不穩地走在路上——

「呀！」

一頭撞上了目標的壯漢。

「妳搞什麼啊！」理所當然地，壯漢大發雷霆。

抵擋不了體重的差距，百合被撞倒在地。她用手按著腦袋，「對、對不起！」地大聲道歉。

周圍的人們開始憂心忡忡地旁觀兩人的紛爭。壯漢大概是受不了旁人的視線，咂嘴後逕自離去。

百合大大嘆了一口氣。

「哎呀～剛才真的好可怕喔～」

「妳就不能用比較不醒目的方法嗎？」白髮少女彈了百合的額頭。

「好痛！……所以，成果呢？」

「到手了。」

白髮少女咧嘴而笑，打開揹在肩上的包包。裡面裝著從壯漢身上偷來的錢包。她趁壯漢的注意力擺在百合身上時，偷了過來。

「我姑且問一下，那是真貨對吧？」

「那當然。妳以為我會被假貨騙嗎？」

「妳一共被老師騙了十四次。」

「我不會再被騙了啦……妳撞到他的瞬間，那名壯漢立刻按住的不是臀部口袋的錢包，而是胸口的。臀部的那個是冒牌貨，這才是真的。」

兩人離開大馬路，往巷子走去。

「我們快點回旅館分析吧。那個大塊頭是毒販，在他錢包裡的是毒品購買者的清單。根據情報組的判斷，裡面也有研究所的職員。」

「要是一併通報出去，感覺一定很痛快。」

「那也得等全都利用完了再說。」

聽了白髮少女的話，百合「哼哼～」高興地哼起歌來。

「我本來還覺得有點不安，不過看樣子我們確實成長了呢。」

「那是當然的呀。雖說只有一個月，畢竟我們也受了相當密集的訓練——」

就在她們彼此相視、得意地微笑時——

「妳們兩個！給我站住！」

尖銳的說話聲從背後傳來。

望向背後，兩人忍不住「天啊」地低聲哀號。是間諜的天敵——警察。

兩名男性警官堵住少女們的去路。

「不准亂動，我要搜查妳們的包包。」

「啊～我們只是善良的觀光客耶。」

「很抱歉，因為這附近扒手很多。可以請妳們合作嗎？」

白髮少女凜然的搪塞之詞也行不通。

為什麼要選擇扒手多的地區啦！百合小聲地責備。

還不是因為妳希望找一個可以吃午餐的地方。白髮少女回瞪。

雖然最壞時，也有撂倒警官這個選項，不過惹麻煩是最後手段。

白髮少女順從地交出包包。

警察將包包翻過來，毫不猶豫地用刀子劃開。這下連雙層底也行不通了。裝有別人身分證的錢包肯定馬上就會被發現。

好了，要用什麼謊言擺脫困境呢——

「——很好，沒有問題。」

疑慮解除，警官很乾脆地放棄。最後，他們在衣服和包包裡都沒有找到錢包。

警官離去後，百合不解地問。

「咦？妳把錢包藏到哪裡去了？」

「不知道。」

「啊？」

「偷來的錢包消失了。」

白髮少女顯得有些不甘心。

「偷走我偷來的錢包——我只知道一人辦得到這項絕技。」

少女回想。

回想在作戰會議上，克勞斯吩咐少女們分組行動之後，最後所說的話。

「至於我——將徹底在背後支援。」

當時，有一名男性從兩人身旁經過。

那個身穿體面西裝的男人，看起來完全是一名高齡的紳士。完美的變裝。他微微敞開衣服的領子，讓少女們看了一眼錢包後，就佯裝什麼事也沒有地從巷子裡消失。

稱不上一切周全。

儘管如此，「燈火」的少女們仍充分展現出自己的實力。

順道一提。

決定作戰細節的方式如下。

「具體來說，情報組要像楚楚可憐地綻放的玫瑰一樣，執行組要噠噠噠地四處奔波，特殊組則要像疼愛小鳥似的——」

「…………………」

見到少女們露出冷漠的眼神，克勞斯止住話語。

「——開玩笑的。」

一點都不好笑。

少女們打從心底感到安心。心想如果他是認真的，那該怎麼辦才好。

「細節由妳們決定。」

克勞斯對她們投以柔和的眼神。

「方向性由我來決定，並且我也會進行確認。不過，具體計畫交給妳們來擬定。」

「呃……可以嗎？」

「妳們應該辦得到吧？同樣的事情，妳們都反覆做一個月了。」

煽動性的發言——但是，也是令人雀躍的提案。

少女們彼此互望之後，黑髮少女露出優雅的笑容說道：

「你去休息吧。我們一定會擬出令你為之陶醉的完美計畫。」

「——好極了。」

那句話成了信號。少女們在桌上攤開地圖。
如何才能騙過敵人？由誰和目標接觸？
只要有一名少女提出意見，就會有兩人予以反駁，三人提出修正案，四人爭吵。對於提出的意見，最多被提出來的反駁理由是「那樣對老師行不通」。她們最初提出的計畫，一度敗給了克勞斯。於是，她們又花了更多心思加以改善。
暗號是——擬出連老師都能騙過的計畫！
一個月以來的成果受到考驗。

夜晚，正當克勞斯在旅館裡閱讀報紙時，敲門聲響起。
「我送您點的葡萄酒來……」
打開門，站在那裡的是一名抱著酒瓶的少年。
克勞斯招呼少年進房，然後放了唱片的音樂。這麼做是為了萬一遭到竊聽，也不會被人聽見對話內容。
少年呼地吐氣後，像是要把臉皮剝下來似的脫掉覆蓋整張臉的面具。沉靜的雙眸和嬌弱的外表——紅髮少女露出臉來。她是情報組的一員。

「妳的變裝非常完美。」克勞斯接過葡萄酒。「不過應該沒必要把面具拿掉吧？」

「在老大面前扮男裝太教人感傷了……」

「……既然妳想那麼做，就隨便妳吧。」

克勞斯感覺到，這名少女似乎格外仰慕自己。

他沒有深入追究，只是命令少女不要叫他老大。

撕下葡萄酒的酒標，記錄在內側的暗號顯露出來。是少女們四處收集來的情報。光看一眼上面的內容，就能察覺她們有多努力。

紅髮少女以沉靜的態度低下頭。

「我們已經確認到『地獄人偶』並未離開研究所……但是，要潛入其中似乎相當困難……研究所地處偏僻，周圍又隨時戒備森嚴。通往最深處的鑰匙只有少數人才有，即使變裝溜進去也無法潛入……除了公然闖入外別無他法，如果不多花一點時間的話——」

「不，要是拖下去，帝國就會分析完生化武器。我們沒有那個時間。」

「可是……」

「我也沒有在打混摸魚。」

克勞斯抬起客房內的床。

床底下縫了大量的資料和身分證，數量多到覆滿一整面。研究所相關人員的犯罪紀錄、家族關係、興建設施時的完工圖、有關聯的政治家、陸軍部的人事紀錄，甚至是來自財務部的預算管理資料。

「你一個人就查到了這些……？」

紅髮少女眨了眨眼睛。迅速讀過資料後，她深嘆一聲，用彷彿見到某種耀眼之物的表情望著克勞斯。

「不愧是老大……手法如此熟練，真是太可靠了……」

「熟練啊……也對，畢竟我是世界最強的間諜，辦到這點小事是理所當然——」

克勞斯停頓下來。他一度仰向天花板，閉上雙眼。

「——不過，可以再給我一點時間嗎？」

紅髮少女再次眨眼。

克勞斯來到夜晚的街道上。

雖是貿然的外出，雙腿仍走個不停。若是問他外出的動機，他也只能回答就是莫名想要這麼做。他並不擅長說明自己的行動。

讓風吹走內心的憂慮——這恐怕才是正確的解釋。

（……我並不完美。頂多只有能在她們面前表現的程度。）

如今他所擁有的，是在「火焰」被灌輸的修行成果。

加入「火焰」之初，他是一個比現在的少女們更無知的少年。因為有代表國家的間諜們直接傳授技術，才總算有了現在的他。他在每天嚴苛的訓練中，一再嚐到失敗的滋味。

尤其來自基德的指導，更是讓他不曉得吞了多少次敗仗。

「你的戰鬥技術完全不行，完全無法贏過我。」

不管怎麼挑戰，就是達不到師父基德的水準。

出手攻擊就被拋飛，就算使出全力揮拳，也會輕易遭到反擊。

「慢了零點一秒——無論試幾次都一樣。」

「我說啊，你偶爾也去接受其他人的指導啦。像是交涉、變裝之類的。戰鬥又不是間諜的中心技術。」

「戰鬥以外的技術都靠感覺學會了？你是笨蛋嗎？給我去學習理論。」

「總有一天你會成為教學者。到時，你可別害死自己的學生了。」

「沒興趣？……唉，我知道了。我就揍到你滿意為止吧。」

結果，克勞斯一次也沒贏過。

儘管交手了好幾百回，卻始終沒能達到師父的水準。

（沒能填補零點一秒的差距……離「熟練」還遠得很。我自己也還不夠成熟……）

克勞斯來到公園，坐在噴水池邊。

夜晚的公園裡，剛離開派對的人們來來往往。他們紅著臉，用彷彿要盡情享受這個世界的春天一般的表情哼著歌。可能首都的某處仍在舉行著派對吧，可以聽見遠方傳來小提琴的樂聲。

他傾聽著從背後傳來的流水聲，閉上雙眼。

「嗯，是個美男子。大哥哥，如何？一次三張鈔票呢。」

睜開眼睛。

是賣身的嗎？對方大概是把自己誤認為寂寞的單身男性了。

望向聲音傳來的方向，只見愛爾娜在那裡不住地扭動身體。

「……我不買。」

「你要是不買，『扮成妓女交換情報的間諜』計畫就泡湯了呢。」

「去準備別的計畫。」

這是會被輔導的壞招中最差勁的一招。

愛爾娜滿不在乎地坐在旁邊。克勞斯將位置往旁邊挪了挪，想要至少和她保持一點距離，愛爾娜卻緊緊地貼在他身邊坐下。

「……就算想要裝成偶然遇見的陌生人，間諜之間也應該要極力避免接觸。妳以為我是為什麼要讓情報組擔任傳達兵？」

他小聲地這麼說，愛爾娜卻沒有要離開的樣子。

「愛爾娜來是要傳遞傳達兵無法傳遞的訊息呢。」

「什麼訊息？」

「愛的訊息呢。」

這傢伙到底在說什麼？

雖然很想這麼回應，不過因為有可能會傷害到她，克勞斯還是忍著沒說出口。

「你很不安嗎……？」愛爾娜的眼神中滿是憂心。

彷彿將人看透了的一句話，人偶般的圓眼濕潤。

她似乎已經看穿克勞斯內心的動搖了。

克勞斯並不想要向部下敞開心房、說出心裡話，但是漠視對方的溫柔也令他猶豫。

「在說出心裡話之前……我先告訴妳我的真實年齡好了。」

「嗯，這一點很令人好奇呢。」

「如妳所見。」

「原來你二十八！」

「……………是二十歲。」

從以前開始，別人就總是把他看得比較老。

才不會傷心。絕對不會。

「……你比想像中還要年輕好多呢。」愛爾娜感嘆。

「燈火」最年長的成員是十八歲，所以他和部下只差了僅僅兩歲。

「所以，我心中會有這個年齡會有的不安。這是我第一次為他人的性命負責。不過自己的性命我倒是賭過好幾次了。」

「…………」

「我的不成熟也許會害死部下……那樣的想像令我害怕……真是丟臉。」

無法把這種喪氣話說其他少女聽——連他自己都不禁為此傻眼。

愛爾娜輕輕地把手疊在克勞斯的手上。

「愛爾娜不善言辭……說不出好聽的話呢……」

她清澈的眼眸捕捉住克勞斯。

「所以……在不安消失之前，愛爾娜會像這樣一直握住你的手呢……」

儘管已經不是只是握手，心情就會平靜下來的年紀，她真摯的情感卻透過手的溫度傳遞過來。

感覺心情稍稍輕鬆了些。

說出這樣的感覺後，愛爾娜露出滿足的微笑，回到來時路。

隔天晚上，克勞斯正在旅館裡製作暗號文，忽然間有人敲門。望向時鐘，正好九點。每天都規規矩矩、分秒不差地抵達。為了防止竊聽，他調高唱片的音量。

房門外，傳來紅髮少女沉靜的聲音。

「……老大，我送您點的葡萄酒來……」

筆差點就掉到地上。

他大步走近房門，見到變裝成少年的紅髮少女一臉安穩的表情。

他馬上招呼她進屋。對著立刻就脫下面具的她，克勞斯翻了翻白眼。

「不要在房門口叫我『老大』。妳到底是為了什麼扮成酒商啊？」

「啊！對不起，老大……」

「不對，在房裡也不要叫我老大。如果妳不喜歡老師這個稱呼，叫我克勞斯就好。」

紅髮少女垂下視線。

「可是，我想要稱呼老大為老大……」

「妳這人還真頑固。」

既然她都這麼表明了，克勞斯也只能讓步。不喜歡那個稱呼是克勞斯自己的事，與他人無關。

結束定時報告後，她恢復天生的沉靜態度。

「可以跟你商量一件事嗎……？」

「什麼事？」

「執行作戰計畫的前一天晚上……百合小姐說想要舉辦誓師大會。」

「…………」

好像聽到某種玩笑話了。

克勞斯捏了捏自己的眉心。

「老大？」

「不，大概是聽錯了，雖然我好像聽到誓師大會這幾個字？意思該不會是要把正在臥底的間諜全部集合起來吃飯吧？」

「她的確是要我這麼轉達。」

「我多希望妳能否定我的話……」

間諜舉辦誓師大會這種事情前所未聞。

要是有一人遭到跟蹤，所有人都會被盯上。

就是為了當有一人被盯上，其他人也能完成任務才會分頭行動，怎麼能夠聚集起來呢？

「叫她打消念頭。這種事前所未聞。」

「可是百合小姐已經在列高級餐廳的清單了……」

「她可真是一個只靠膽量過活的女人啊。」

「她好像是因為擔心大家過於疲倦……」

原來如此。克勞斯明白了。

和他不同，這是她們第一次出任務。現在大概已經面露憔悴了。

紅髮少女的聲音裡也缺少活力，進房前還犯了搞錯稱呼這種低級失誤。

「——我明白了。那麼，我會提供有情報機關在背後撐腰的店家，妳們就自己去辦吧。不要忘了提防有人跟蹤啊。」

做出讓步後，紅髮少女微微搖頭。

「不，只有我們恐怕會有萬一……」

「那就不要辦啊。」

「老大願意參加的話，問題就能解決……」

「…………」

居然把我當成貼身保鑣。

但是，她的發言本身很有道理。說到底，這或許是最好的做法。

「………照顧部下也是上司的工作啊。」

他吁了口氣，用手覆住臉。

「我去找店家。另外也會事先暗中做好調查……」

以放棄掙扎的口吻說完，紅髮少女深深地低頭致意。

儘管一概都稱為間諜，其存在的型態卻相當多樣。

從克勞斯等人這種身為國家公務員的間諜，到居住他國、散布情報的協助者，依次支付酬勞僱用的情報販子，或是平時以他國的善良市民身分在當地生活的臥底間諜都有。

選擇作為誓師大會地點的，是一間對帝國抱持不信任感的老闆所開的餐廳。雖然不會進行具體的間諜活動，不過老闆願意替來此的克勞斯等人保守祕密。

他預約了那間餐廳的包廂。

確定無人跟蹤和老闆沒有背叛後，克勞斯遲了一會兒才進入室內。雖然他對於是否有必要為了聚餐勞心勞力到這種地步，感到極度懷疑。

「好久不見！」一進入包廂，百合率先做出反應，向他揮手。

「……百合，對於採納妳那愚蠢提議的我，妳有什麼話要說？」

「不客氣？」

不發一語地彈了她的額頭，百合痛得大叫：「我的頭！」

克勞斯就座，重新環視少女們。他們已經兩週沒有直接見面了，少女們的神情顯得有些緊繃。雖然還是一樣稚氣未脫。

料理上桌，誓師大會的氣氛開始熱鬧起來。

身處喧鬧中心的果然還是百合。

「哎呀～不是我要說，百合我表現得可真是活躍呢。沒想到第一次出任務就有如此出色的成績！」

她做出自吹自擂的發言，結果，果不其然遭到其他少女的駁斥。

同為執行組的成員，吐嘈她「妳明明就迷了路！」、「妳讓在下去找妳弄丟的東西，不是嗎？」。是凜然的白髮和傲慢的藍銀髮。看樣子，其他少女巧妙地支援了她出差錯的部分。百合胡鬧，其他少女傻眼。對話以早已成為慣例的模式熱絡地進行。

克勞斯沒有加入她們的對話，獨自默默地吃著料理。

少女只要聚在一起就會這麼吵鬧嗎？他蹙著眉頭心想。

這時，一名少女靠了過來。

「老師。」

是愛爾娜。

她將主菜的羔羊排切好後，用叉子叉了一塊，遞到克勞斯面前。

「嘴巴張開呢。」

少女們發出歡呼。

「喔喔，好積極！」「上啊！展現你的男子氣概！」「妳還挺強勢的耶……」

頭開始痛了。

雖然對愛爾娜很不好意思，他還是無視遞過來的叉子。

「…………這麼缺乏緊張感是怎麼回事？」克勞斯瞪著少女們。「妳們幾個真的了解狀況嗎……？」

儘管不願意，但是這種時候必須說教。

我們不是來野餐的。而是背負著好幾百萬國民的危機，來完成攸關生死的任務。

妳們實在太鬆懈了。

這是克勞斯第一次斥責少女們。

「…………」

少女們全都安靜下來，整個包廂內鴉雀無聲。

她們大概很沮喪吧。克勞斯原本擔心會這樣，但是他好像誤會了。

白髮少女神情凜然地回瞪他。

「緊張？當然緊張啊，這還用說嗎？怎麼可能不害怕。打從踏出自己國家一步的那瞬間開始，我就一直強忍著不發抖。」

「既然如此，為什麼？」

「但是，今天因為有你在。」

白髮少女噘起嘴唇。

「所以我才想說不會有問題……因為我只信任你的強大。」

像是同意那句話一般，其他少女們也點頭。

儘管如此還是太放鬆了。雖然很想這麼說，最終他還是把話吞了回去。

原來如此。她們之所以會如此鬆懈，是因為我在身旁的關係啊。歷經一個月來無數次的失敗，她們開始對我產生過高的評價了嗎？

克勞斯逼近白髮少女。

「怎、怎樣啦……？」白髮少女擺出防禦架式。

「我來餵妳。」克勞斯遞出從愛爾娜手中搶來的叉子。「嘴巴張開。」

白髮少女瞬間面紅耳赤。

「啥？等等，你這個……你突然間做什麼啦！」

「會為了這點小事動搖的人，沒資格懷抱安心感。」

克勞斯彈了白髮少女的額頭後，包廂內再度充斥著笑聲。這一次，他將白髮少女沒有吃的肉遞給愛爾娜，結果她喜孜孜地一口咬下。雖然不明白怎麼回事，總之四周掌聲沸騰。

所幸，誓師大會的氣氛沒有搞砸，很快就又恢復吵鬧。

「說起來，這還是第一次呢。」途中，百合忽然這麼說。

「什麼東西第一次？」

「就是和老師一起用餐。其實老師平常也可以跟我們一起吃飯呀。」

「…………」

她說得沒錯。

在陽炎宮，少女們都是自己下廚，克勞斯也是自行準備自己的食物。冷靜想想，這麼做明明很沒效率，他卻深信這樣是很自然的事情。

吃飯就要和家人一起吃。但是，克勞斯失去了家人，所以一人獨自用餐很正常。

發表這樣的言論是否太不識趣了呢？

克勞斯默默地離席。

克勞斯上完洗手間回到包廂，出現在眼前的是一幅意想不到的景象。

少女們全都趴在桌上。

難道是遭到了襲擊？他急忙上前觀察。

可是，走近她們之後，卻聽見平穩的鼻息聲。沒有毒氣殘留，沒有注射的痕跡，料理也沒有被下毒。她們似乎單純只是因為玩累了才睡著。

少女們不分日夜地奔走。這一個月又兩個星期以來，沒有真正算得上假日的休息日。那份疲倦，似乎在和同伴相聚的安心感之下噴發出來。

（不對，就算再累，也沒有人會在這種地方打瞌睡吧？）

把她們叫醒好了——如此心想的他伸出手，卻又停下動作。

都已經睡著了，實在沒必要硬是把她們叫醒。

假使遇上襲擊，到時我來處理就好。

（這也是上司的職責……我好像過度說服自己了。）

克勞斯對送餐後咖啡來的女服務生表示願意另外付費，拜託對方讓他把包廂直接包下來。使用「燈火」的預算令他猶豫，克勞斯決定自掏腰包。女服務生用彷彿見到溫馨景象般的表情，微笑著應允了他。

（真是的……也不知道我心裡有多不安……）

他望著少女們的睡臉，長吁一聲。

「別人讓你看見睡臉，表示對方很信任你喔。」

腦海中掠過這句話。

那是從前的老大說過的話。

「所以，對於願意讓你看見睡臉的人，必須要好好地保護對方到底。」

克勞斯還小時，曾經在陽炎宮的大廳裡打瞌睡。一再的訓練令他疲憊不堪。醒來時，他發現老大和「火焰」的成員們正看著自己嘻嘻發笑。

「我說老大……我們的工作是要趁敵人鬆懈睡著時攻其不備耶。」

「基德，不可以在孩子面前說那種危言聳聽的話。」

「他不是小孩子啦，老大。」基德用力拍打克勞斯的背部。「這小子是天才。是只要好好栽培，就能成為比我們所有人都優秀的間諜的男人。」

「他還只是個孩子，是個會睡午覺的可愛孩子。」

克勞斯虛張聲勢地反駁：「我……不是小孩子。」

可能是稚氣未脫的少年硬是逞強的關係吧。

老大爆笑出聲，周圍其他成員也跟著笑出來。見到基德「少在那邊口出狂言了」地敲他的腦袋，老大做出「我反對暴力」的主張，基德則以「間諜說什麼反對暴力啊」予以反駁。兩人你來我往的鬥嘴，讓克勞斯舒適地瞇起眼睛。

正當他沉溺在回憶中時，忽地驚覺。

（…………？為什麼我會看著她們回想起「火焰」？）

毫不相像的集團。

一流的間諜團隊，以及臨時成軍的不成熟間諜團隊。

就如同寶石和石頭一樣天差地別。

（不過……不管怎樣，看來心意已決。）

克勞斯環視其他少女。所有人都安穩地發出鼻息聲，百合甚至還在桌巾上流了一大灘口水。

必須保護到底。

即使對方是一群麻煩傢伙也一樣。

既然她們如此信賴我，我也就相信自己的決定吧——

百合赫然驚醒。

臉頰被水沾濕。可能是某人惡作劇，趁著自己熟睡時下的手。非報仇不可。

搖晃剛睡醒昏沉沉的腦袋，恍惚地讓意識清醒過來後，她認知到自己此刻身處的狀況。餐廳、料理一掃而空的餐桌、正在睡覺的同伴們，看來是在誓師大會的途中沉沉睡去了。

「啊！大事不妙！」

百合跳也似的站起來。

浮現在記憶中的，是克勞斯指謫大家缺乏緊張感的不悅神情。難得被說教後馬上就做出如此失態之舉，實在太糟糕了。

她急忙拍打還在熟睡的少女們的背。

「大家快醒來！要是不快點醒來，老師會把橄欖油灌進妳們鼻孔裡的！」

「誰會那麼做啊。」

正在包廂角落喝咖啡的克勞斯一臉傻眼。

被百合這麼一喊，其他少女們也紛紛醒來。她們也開始擔心會不會遭到克勞斯斥責。明明下定決心要繃緊神經，卻沒能敵過睡魔的攻擊。

然而和多數少女預想的不同——克勞斯臉上浮現沉穩的表情。

而且，他還前所未見地——儘管只有一點點，他露出了淺淺笑意。

「我要變更計畫。當初原本預定妳們從東邊，我從西邊潛入，不過現在兩方交換。妳們各自去做好準備。」

克勞斯起身，準備離開包廂。他似乎一直在等少女們醒來。

少女們還在為他出乎意料的態度疑惑時，克勞斯突然停下腳步。

「還有…………」

又難得地表現出遲疑的態度。

「…………如妳們所見。」

「見到什麼？」

「果然沒有傳達出去啊。」

他一臉遺憾地蹙眉。

接著像是一字一字地搜尋詞彙般沉默了好一會兒，才又開口：

「願意追隨不會教學也不會下指示的老大……謝謝妳們。」

留下這句話，克勞斯快步離開包廂。

少女們一時之間無法接受眼前發生的事實，動也不動。她們望向彼此，互相點頭，好不容易才相信這是現實。

道謝了。那個我行我素的男人，向她們道謝了。

不明白克勞斯的意圖。他說不定只是一時興起。

只不過，後來少女們回想起來才發覺。

團隊或許就是在這時凝聚為一體。

執行作戰計畫的日子來臨了。

奪回生化武器的行動，「火焰」未能達成的不可能任務。

執行時間是深夜。夜色最為深沉的新月之日。

少女們離開各自的住宿設施，在夜色中穿梭，抵達集合地點，也就是俯視首都的懸崖上。準備就緒的成員們在視野開闊的山丘上集合。

不是在國內臥底時的學生服，也不是在敵國境內臥底時的觀光客裝扮。

重視機動性和隱密性，以黑色為基調的專用服裝。是為了讓她們發揮全力而打造的裝束。

位在視線前方的，是預計要潛入的研究設施。

她們重新體認到要潛入有多困難。

並排林立的五層樓建築。只有一部分的人獲准進入設施腹地，而且一過傍晚就會被趕出來。

晚上則有無數軍人看守戒備。潛入路徑不是躲過監視、爬上二十公尺高的牆壁，就是得從正面那條直線道路公然闖入。

搶奪生化武器的樣本。最邪惡的病毒武器「地獄人偶」——

「燈火」的成員以淩厲目光瞪著那座設施。

「計畫不變，從兩個路徑潛入。我和妳們分頭行動。」

克勞斯依舊是一身西裝打扮。可是，他大幅改變了髮型。他將及肩長髮綁在腦後，大大地露出額頭。不是方便融入人群的低調姿態，而是一副幹勁十足的模樣。

「研究所裡也有軍人和情報員常駐——騙倒他們。騙倒一切阻礙。」

少女們點頭。

一字一句都充斥著緊張感。

先前的諜報行動，不過是為潛入所做的事前準備。即使多少有危險，和接下來將要執行的任務相比，也只能算是小遊戲。

接下來的一舉手一投足都有可能致命。

「那麼，走吧。」克勞斯高舉右手。「所有人要一起活著歸來。」

彈響手指。

信號一出，少女們漸漸融入夜色中。

◇◇◇

任務開始時，少女們圍成一圈。

七名少女握著拳頭，互相瞪視。

百合出聲吆喝。

「來決定行李由誰拿！」

「「「「「好！」」」」」

「猜拳由多的一方獲勝，一、二、三！」

少女們同時出布──唯一一個出石頭的白髮少女除外。

下個瞬間，白髮少女撲向百合，揪住她的前襟。

「百合～～？妳之前不是說要一起出石頭嗎啊啊啊啊啊！」

「咦～？我有放出那種消息嗎？」

如果有事情需要決定，原則上都會猜拳表決。然後每次她們都會上演一場情報戰，演變成以血洗血的激烈戰爭。

百合從頭到尾一副不知情的模樣，結果，最大件的行李由白髮少女負責拿。她必須揹著巨大的後背包潛入調查。她是少女之中力氣最大的，所以這樣的結果也算是恰當。

在白髮少女為了後背包的重量「嗚哇！」的哀號聲中，少女們開始前進。

研究所周邊，點亮了像是用來威嚇外部入侵者的照明。她們必須鑽過照明，潛入內部。

圍繞四周的是高達二十公尺的牆壁。

「一次七個人太多了……」

接受其中一人的提議，少女們決定由運動神經好的兩人將鐵絲掛在牆壁上方，攀爬上去。她們確認附近有無守衛，接下來的兩人則在牆壁的中段待命。最後，包括揹著沉重行李的白髮少女在內的三人攀越牆壁。

設置在牆上的警報裝置已在事前遭到解除。

七人降落的地點，是位於巨大倉庫後方的儲存槽堆置場。幾十個比人高上數倍的桶槽並排，到處布滿管線。裡面好像存放著研究用的氣體和石油。她們躲在桶槽後方，各自悄悄地拿出武器。

這裡完全是敵營。

要是被發現，打馬虎眼是沒有用的。

根據事前掌握到的情報，入侵者會立即遭到射殺。

「……下個時段來巡邏的軍人手上有鑰匙。我們要迅速搶過來。」

黑髮少女低聲地說。

其他少女們同時屏息。事前沒能取得的鑰匙，只能在執行任務時搶奪。不過以帝國的警戒程度，能夠在事前取得的情況也很罕見。

百合猶豫著要用刀子還是自動手槍，最後她選了刀子。她在刀尖上塗抹毒藥。

這時，她注意到在隔壁屏息以待的少女不停冒汗。

「妳還好嗎？」百合撫摸她的背。

「坦白說，小妹覺得好害怕……」褐髮少女膽怯地扭曲表情。「不祥的預感遲遲不消失……小妹擔心，我們是否嚴重誤解了某些事……」

「Ｓｔｏｐ。」藍銀髮少女以傲慢的語氣打斷她。「現在不該說那種話。」

她的判斷很明智，然而為時已晚。

只要是克勞斯下的指示，就一定沒問題——一直以來盲信的這個事實，已經在少女們之間產生動搖。對初次出任務的她們而言，一流的他的話宛如心靈支柱。

不可質疑。但是，那個念頭卻不由自主地掠過腦海。

假使有實力超乎克勞斯預期的敵人呢？

假使敵人有連他也看不穿的計策呢？

連他隸屬的「火焰」都在奪回生化武器的任務中毀滅，我們真的有勝算嗎？

一度產生的畏怯像病毒傳染一樣，在少女們之間擴散。

「——不用擔心啦。」

在快要被那股沉重氣氛吞噬之前，百合說道：

「要是遇上麻煩，大家就一起想辦法吧。就像一直以來所做的那樣。」

她所說的話語，一下子便讓少女們心中的恐懼淡去。

正當某人準備為這件事實開百合玩笑時，腳步聲傳來。

擔任守衛的軍人一如預定時段前來。

黑髮少女以眼神打出信號，三名少女立即從桶槽後方衝出去。擔任守衛的軍人只有一人。少女們一接近他身後就取出拘束道具，覆在他的嘴巴上。

兩名少女從左右兩邊包夾慌張的軍人，將他綑綁。憑著關節技填補力量的差距，成功讓一名守衛束手就擒。

守衛的衣服口袋裡有鑰匙。

少女們揚起嘴角。

「好了，來盤問他吧。」黑髮少女優雅地宣布。「首先把他帶到安全之處——」

就在少女們抬起軍人的身體時——

「危險！」

悲鳴響起。

少女們反射性地從軍人身旁跳開。

感覺像是有一陣風吹過。

那個存在以肉眼追不上的速度抓起軍人的身體，一轉眼便將他從少女們手中奪走，無聲也無息。軍人的身體浮在半空中，好比被水沖走般地消失。

稍遲望向該處，只見那裡站了一個高挑的男人。

四肢修長，簡直有如蟲一般的男人。男人身上穿著深藍色夾克，外表輕浮得和這個場合毫不搭軋。年紀看起來像是三十多歲，不過就算說他只有二十幾歲也會有人相信。明亮的髮色讓他顯得年輕，但是臉上的鬍鬚卻又讓他看似中年人。總之不管怎樣，他給人的輕浮印象格外強烈。

男人將剛救出的軍人扔在地上。

「——真奇怪，笨徒弟應該是從西邊潛入才對呀。」

臉上浮現莫名遺憾的笑意。

「難道是臨時更動了？也罷，這點誤差就算了。只要將這裡的小鬼們挾為人質，事情就結束了。」

百合知道那個男人。

她聽克勞斯形容過他的長相。

「你是——」

她以沙啞的聲音說出口。

「——基德先生？」

克勞斯的師父，被視為全滅的「火焰」的一員。

照理說——他不應該還活著。

不應該身在敵國的土地上。

「啊？」基德搔搔後腦杓。「妳怎麼會知道我的名字？」

「老師跟我提過……」

「原來如此，是在回憶往事啊。算了，反正也不是只有我的情報洩露出去。」

他黏膩的視線，緊緊纏繞住百合的肌膚。

情報洩露出去了——

心臟高聲跳動。汗水噴也似的從全身冒出。

「為什麼我們的潛入路徑會外洩……」

「妳真遲鈍。我是『火焰』的成員，也就是陽炎宮之前的居住者喔。」

基德古怪地扭曲嘴角。

「——我在陽炎宮裡裝了竊聽器。」

因為那句話，少女們確定了一切。

為什麼傳說中的間諜團隊「火焰」會毀滅？

為什麼那場悲劇會在克勞斯不在時發生？

一切都是出自克勞斯的師父——基德的背叛。

與此同時，她們也理解到自己正面臨的危機。

假使克勞斯提過的情報正確——

「我已大致掌握了妳們的計畫。歡迎各位來到這座地獄。」

基德從腰際取出球狀物體，朝少女們扔去。

◇◇◇

那個爆炸聲，也傳入了在設施內奔跑的克勞斯耳裡。

聲音從研究所的西邊傳來。是少女們的潛入路徑方向。她們似乎被發現，開始戰鬥了。

悶鈍地響徹四周，久久縈繞不去的爆炸聲。

（和師父以前常用的炸彈好像……）

就如同炸彈有分種類，爆炸聲也有不同的種類。即使差異微小，克勞斯也能夠分辨出來。

剛才響起的聲音，令他想起某個男人。

儘管目前還沒有確切的證據，他的腦中忽地浮現一件事。

「火焰」全滅那天，有一具遺體令人心存疑慮。

克勞斯的師父——基德。

疑似是他的遺體遭人發現。但是，遺體的損傷情況非常嚴重，無法斷定就是他本人。

「火焰」最強的戰鬥專家。

在戰鬥技術上甚至凌駕克勞斯的，真正的怪物——

研究所西邊的倉庫旁，氣體槽保管場——

基德所釋放的炸彈威力並不大。大概是因為少女們身旁是成排的氣體槽，不能使用強大的火器吧。

可是，其衝擊波依然令百合的身體麻痺。她強忍著不適，鑽也似的逃到管線的縫隙間，躲在儲水槽後方。

百合冷靜地分析，炸彈的目的或許只是要發出聲響，是告知其他人開始戰鬥了的訊號。雖然她並不知道是要告知誰。

桶槽的縫隙間，管線好比大樹的樹枝一般恣意延伸，宛如一座森林。其他同伴也巧妙地躲藏在管線旁。

基德在遠離桶槽的地方等著，沒有追來。

「怎麼辦？」白髮少女的凜然說話聲從某處傳來。「要是敵人過來這邊，到時應該無法使用槍和手榴彈吧？」

藍銀髮少女態度傲慢地回答。「那當然，我們並不曉得桶槽的強度是多少。假使裡面裝的是汽油或可燃性氣體，到時有可能全員都會被炸死。」

「這麼說來，只能用刀子作戰或逃跑了。可是——」

「這兩者都非常高難度……那個輕浮男可是老師的老師耶。」

經過剛才那一瞬間，所有人都感受到他是一名卓越的間諜。完全看不見打贏他的未來，更何況是採取近身作戰。

百合不知道該怎麼回答才好，只能噤聲不語。

她很擅長毫無根據的激勵，但是提出具體對策不在她的管轄之內。

儲水槽另一頭傳來沉靜的說話聲，是紅髮少女。

「若是逃跑，我們會一個一個被抓起來…………所有人一起作戰是最好的辦法……」

沒有人反駁。

全員皆下定決心。

儘管胡亂逃竄也許會有某個成員活下來，但是無法期待全員脫身。即使被譏諷這樣的想法太過天真，她們也完全不打算拋下任何人。

基德似乎也察覺到少女們的意圖了。

「七對一啊。」

他臉上露出興致高昂的笑容。

「我要一個一個將妳們打倒在地。三分鐘後，妳們所有人都將屈服於我。」

三分鐘。

最壞時，恐怕連五分鐘也撐不了——原本這麼猜想的百合，發覺自己的想法太天真了。

基德將手繞到背後，從那裡抽出一把沒有收在鞘中的刀。那樣和間諜不相配的武器，似乎正是他最擅長的武器。

某個少女吞嚥口水的聲音傳來。

他沉下腰，擺出架式。

少女們潛藏的桶槽群和基德相距十二公尺。以他的運動能力，抵達只需一瞬間。

數秒的寂靜。

信號是響亮的口哨。

少女們同時從潛伏地點現身，各自發射手槍。

「不要讓他靠近！」黑髮少女喊道。「要是他接近管線，我們就無法開槍了！」

七把槍對準一個男人，毫不留情地射擊。沒有半點躊躇。假使在這種時候留情，死的人就會是自己。

若是常人，肯定會被打成蜂窩、即刻喪命的槍擊。

要是能夠在這裡將他制伏，那該有多輕鬆啊。

基德以Z字形奔跑，時而以手中的刀彈開子彈。他的臉上沒有一絲畏怯，嘴邊甚至還帶著笑意。

一轉眼，基德就抵達管線遍布之處，少女們於是放棄射擊。接下來無法使用火器。

七名少女同時一躍。她們將鐵絲勾在管線上移動，潛伏在黑暗之中。所幸，這裡是由桶槽和管線所形成的森林，不缺可以藏身的地方。

基德不理睬其他少女，朝百合追來。

感覺像是被獅子追逐的兔子。她在管線上全力奔跑，然而基德卻以更快的速度追過來。

要被追上了——

有此預感的瞬間，百合的耳邊傳來口哨聲。

陷阱的信號。

聽到那聲口哨，百合不多不少地在兩秒後大大跳躍。

「很抱歉！」百合大喊。「和比自己厲害的高手交戰，對我們早已是家常便飯！」

不管是重擬計畫，還是憑臨場反應彼此合作，全都受過無數次訓練——

百合在半空中朝前方旋轉半圈，望向後方。

基德握著刀追趕百合，然後，他停下來了。

他的右腿上纏繞著無數鐵絲。
大概是某人搞的鬼吧。
——詭雷。
百合落地後仰望天空，只見藍銀髮少女豎起中指。
其他少女們朝著在原地無法動彈的基德擲出刀子。灰桃髮少女拿著電擊棒，從背後突擊。
合作無間地將敵人逼入絕境。在右腿遭到固定的狀態下，不可能閃避得了從上下左右無情襲來的刀子。
「——妳們是不是腦袋很差啊？」
冷笑聲傳來。
百合見到那幅景象，不禁愕然。
剎那間——
纏住基德右腿的鐵絲突然斷裂，他的右腿狠狠刺入撲過來的少女的腹部。他朝少女一踢，同時毫不費力地避開刀子的攻擊。
「妳們是在哪個國家學會那個陷阱的？」
基德大大揮動右腿，讓少女的身體重重撞上氣體槽。灰桃髮少女發出不成聲的呻吟，倒在地上。

「共和國的技術對我沒用。」

冷酷的說話聲響起。

受到猛烈撞擊的少女躺在基德腳邊，沒有起身。

「剩下六人。」

少女們正確地理解了那幅景象。

純真無邪的開心果，灰桃髮少女——「安妮特」脫隊。

加爾迦多帝國在恩蒂研究所內配置了幾名情報員。

考慮到內有生化武器，本來是想在此據點投入更多人，但是在世界各國樹敵的帝國沒有那麼充裕的人力。再說，擔任設施的守衛並非情報機關分內之事，保護研究所完全是陸軍的職責。

看在帝國的間諜眼裡，迪恩共和國這個國家早就已經完蛋了。

必須小心提防的「火焰」已經毀滅，又得到了間諜協助者的清單。如今，需要警戒的對象就只剩「火焰」的倖存者。只要在研究所等他上門，然後派出大量軍人，讓他掉入陷阱就好。之後便能將整個國家納為己有。

加爾迦多帝國的情報員——伊娃在研究所的管理大樓內打呵欠。

「我說啊～共和國那些傢伙已經死光了嗎？」

伊娃是二十歲中段的女情報員。褐色短髮，外表有如少女一般。在帝國的情報機關內主要擔任防諜——也就是以祕密警察的身分找出敵方間諜。

通訊室裡還有她以外的軍人在待命。儘管軍人對她悠哉的態度面露不悅，她依舊笑笑地不予理會。無論在哪個國家，軍人都受到紀律的束縛。見到她舔著糖一邊等候通訊，軍人想必很惱火吧。

可是，軍人卻敢怒不敢言。

軍方和情報機關之間沒有明確的上下關係。帝國的情報機關和陸軍部是完全獨立的兩個組織。可是，隨著情報機關掌握住陸軍部的醜聞消息，注意到時，雙方已經發展出只要情報員方覺得有必要，即可隨意對軍方下令的優劣關係。

「『蒼蠅』正在西倉庫附近和間諜接觸。」

一名青年軍人清楚明瞭地回答。

「別支部隊也表示在東門附近，發現到敵方間諜的痕跡。現在正在進行追蹤。」

「哦～那麼就和事前得到的情報一樣了。」

伊娃重新坐在椅子上，把腳跨上桌子。

周圍的軍人蹙起眉頭。

「那個……可以請問一個問題嗎？」青年出聲。

「嗯？」

「妳認為迪恩共和國的鼠輩有多少勝算？」

伊娃「嗯～」地低吟。

「應該是零吧。」

「再怎麼樣，也總不可能會是……」

伊娃態度輕蔑地哼了一聲。

「基德……不對，現在是叫做『蒼蠅』。那傢伙倒戈帝國的時候，把迪恩共和國的間諜資料全抖出來了。不管是敵人的做法、強項、弱點，當然還有這次的計畫也是。」

「如此說來，應付起來不成問題嘍……？」

「他啊，在以前的住處裝了竊聽器，而敵人沒有發現竊聽器的存在，渾然不覺地在那裡生活。所以，我們早就掌握住這次潛入的間諜的情報了。而且敵人還不曉得自己被設計，依循著假情報來到這裡。」

伊娃彈響手指。

「我們只要殺死闖進來的飛蟲就好啦。」

在他們可能逃往的地方，安排設置軍人和陷阱。等待著他們的只有滅亡。

青年可能還是無法接受，繼續說道：

「可是，『蒼蠅』先生說有一個男人需要警戒。」

「你是說敵人的老大？啊～不過沒問題，聽說那傢伙是『蒼蠅』的徒弟。」

「徒弟……？」

「他們在訓練時交手過好幾百次，不過呢，『蒼蠅』一次也沒有輸過。所以，這次只要交給他就不會有錯。」

「蒼蠅」是如此打包票的。

敵人是「蒼蠅」自幼撫養長大的人，就連作戰方式也瞭若指掌。

「應該說，這次的計畫正是為了確實殺死那個男人所安排的。他們早已落入我們的手掌心，接下來即將展開的是單方面的虐殺。」

青年聽了這番話，深深地嘆息。

「我已經開始替他們感到悲哀了。」

「嗯～說著說著，我也開始覺得他們實在好可憐。」

伊娃想到了一個好點子。

「不如就由我親自出馬，收拾掉他們好了。」

周圍的軍人慌張起來。

「不，妳得在這裡待命才行。」

「啊？你們那是什麼表情？想反抗我不成？」

「可是……」

「可是什麼？」

伊娃狠狠瞪著軍人們。

似乎是受不了被女人瞧不起，青年下定決心往前走出一步。

「請恕我直言，這間研究所是由我們軍人負責警備工作。如果只是要和引誘進來的間諜戰鬥，交給我們來比較——」

他沒能說完那句話。

青年粗大的脖子被線緊緊地纏住，他發出類似蛙鳴的淒慘哀號聲。

線則是連往伊娃的指尖。

伊娃在線中施力，俯視痛苦掙扎的軍人。

「你說……戰鬥怎麼樣？」

體格比伊娃壯碩許多的男人翻著白眼。

她踹了那名青年的頭。

「我說啊，我是不曉得你在軍中是多了不起的人啦，不過現在早就不是軍人的時代了。只會以武器虐殺的猴子時代已經結束。在科技進步的時代，高風險又高成本的戰爭根本一無是處。明白嗎？」

所以才有間諜暗中活動。

不必使用飛彈和戰鬥機就能支配敵國的人受到重視。

像是要教會他那一點似的，伊娃不停地踹青年的腦袋。

「那副只是經過鍛鍊的身體有何意義？你以為敵人會從正面打過來嗎？暗殺、謀殺、毒殺——如果沒有能夠防止那些的頭腦，無法在新世界存活喔。」

在軍人快要失去意識的瞬間，伊娃鬆開手中的線。

「好了，我要去殺死那些間諜了。」

青年調整呼吸，在伊娃身後阻止她。

「請、請等一下。敵人畢竟也是一流的間諜——」

「沒關係、沒關係。我啊，在暗中偷襲這方面絕對不會輸。我已經以祕密警察的身分，用這個線殺死好幾十名敵國的間諜了。」

伊娃伸出被線纏繞的手掌。

「我會把敵人的項上人頭交給『蒼蠅』的。」

就在她如此笑道時，通訊室收到了通知。入侵者好像已經抵達研究室所在的大樓。

來得正好，就由我來暗殺吧。

雖然表現出輕佻的態度，但是伊娃沒有大意。緊握手槍，準備好一有動靜就能立刻行動。她躡手躡腳地前進，確認敵人的氣息。

研究設施是一個冷冰冰的人造空間。最先進的油氈地板在兼顧衛生的同時，也不易發出很大的腳步聲。

伊娃悄悄地擲出線，擴大自己的支配範圍。當然，線不會發出聲音。在微弱的燈光下，布下的線不可能以肉眼辨識出來。

接下來，只要等待蝴蝶落入蜘蛛網就好。

細微的震動傳至指尖。

（抓到了……以這個重量來看，是成年男性啊。）

她拉扯線，緊緊地綑綁起來。

敵人果然沒什麼大不了的。

伊娃暗自竊笑，循著線準備槍殺獵物——

「啊呸。」

喉間發出怪聲。

不知不覺間，她的背後躲了一個男人。

男人一副厭煩地擦拭刀上的鮮血。

伊娃連發生了什麼事都不曉得。因為感覺到熱度，她伸手觸摸喉嚨。大量鮮血湧出——喉嚨被割破了。

「什麼嘛，原來只是個廢物啊。」

男人嘀咕。語氣顯得很沒勁。

那幅景象令人不敢置信。伊娃應該確實抓到了某人才對。

看來是她所布下的線瞬間被切斷，反過來遭遇攻擊。

「看來帝國也是人手不足。居然只派出這種貨色來看守。」

男人在伊娃的身體倒下前抱住她，然後翻遍她的衣服。一發現沒有武器，便將她扔在地板上。

「我有點忙，沒空理妳這種人。」

男人沒有給伊娃最後的致命一擊。

他一副不感興趣地跑走，不久就消失在視野中。

「剩下六人。」

基德的聲音，在夜晚的研究設施內冷冷地響起。

「安妮特……」

假設在百合心中化為確信。

不是謊言。基德的戰鬥技術確實是克勞斯的等級，說不定還在他之上。

他解除陷阱的動作舉止，隱約和克勞斯相似。他無疑是克勞斯的師父。

百合躲藏起來，心臟緊縮的感覺不斷襲來。

和連續挑戰一個月都沒能打敗的對手同等以上的敵人。而且，如今已有一人脫隊。

百合凝視倒地的灰桃髮少女。

受到基德猛烈一擊的她，胸口微微地上下起伏。她還有呼吸。

「她還活著——」

「殺人是二流手段。」

鍊子應聲掉落在基德腳邊。

是拘束道具。基德用鍊子綁住灰桃髮少女的四肢，高聲說道：

「限妳們十秒內出來。每過一秒，我就折斷這傢伙的手指。」

百合咬牙切齒。

在間諜的世界裡，人質不是姑息的手段——不對，是沒有姑息的概念。

攻其不備是基本作風。毫不猶豫就挾持人質的判斷，讓人一方面也不禁感到佩服。

時間一秒一秒地流逝，汗水滑過百合的臉頰。

她和躲在暗處的同伴眼神交會。

「老師現在不在這裡……」

百合以眼神示意。

「就靠我們自己來救人吧。沒有其他辦法了。」

下定決心。

百合悄悄地從管線後方現身，與強敵正面對峙。

「妳下判斷的速度挺快的嘛。」基德以佩服的語氣這麼說。

「經常有人這麼稱讚我。」

不過反過來說，也沒有其他地方值得稱讚了——現在先忘了這一點。

黑髮少女的低語聲從背後傳來。

——我們趁百合在爭取時間時準備好作戰計畫。

百合轉動肩膀，假裝很放鬆的樣子。

看樣子，我現在得負責吸引基德的注意力。非常好。

「但是，這是錯誤的判斷。」

對方也不急於分出勝負。

「妳們應該要拋下同伴逃走，被抓的人則應該要立刻自殺才對。光憑幼稚的友情遊戲，無法在這個世界存活喔。」

「很不巧地，我們只有學到『人質就好比受傷的天鵝一樣』。」

「……我明明有更仔細地教導他啊。」

基德撫摸後頸。

百合握緊拳頭，直盯著敵人。

「我們已經決定要所有人一起活下來了。」

拋下同伴逃走——不可能做出這樣的選擇。

「有老師和像我這樣的七名美少女，才是完整的『燈火』。彩虹是七色，大罪也是七宗。七才是完美的數字。負責色慾的緹雅、負責憤怒的席薇亞、負責貪婪的我……像這樣子分配七大罪。」

暗處傳來白髮少女「誰跟妳負責憤怒啊」的吐嘈。

即使是這種時候，她的態度依舊凜然。

為此感到安心，百合的表情頓時放鬆下來。

「不管是八人還是六人，都讓人不舒服。我們七人要一起和老師回去。」

「我就說那種想法太天真了啦。」

閒聊似乎到此為止。基德改成反手握刀，將刀尖朝向人質。遭到拘束的灰桃髮少女發出呻吟。

「放馬過來吧。」

——妳如果再繼續拖下去，我就殺了人質。

他傳達出這樣的言外之意。

「既然你有老師那種等級的實力——」

百合向其他少女使眼色。

「——我們現在就在這裡超越老師。」

這一個月來，少女們一直反覆做著同樣的事。

弱者們攜手合作，對抗實力驚人的強者。

現在是展現成果的時候了，她們將這份決心銘刻於心。

雖然至今一次也不曾達成，但是她們知道要怎麼做。

——騙倒對方。

布下重重謊言，讓對方把零誤認為一、把一誤認為五，然後抓住可乘之機。

紅髮少女走到百合身旁，悄悄地在她耳畔說出計畫。百合眨眼表示同意。

某個少女朝基德扔擲炸彈，而那正是開戰的信號。

煙幕。

白煙在黑暗中擴散，不久便逐漸散去。

基德動也不動，十分冷靜，沒有離開人質半步。

當煙霧散去時，少女們已移動完畢。

衝出來的是兩個人。白髮少女和藍銀髮少女。

她們分別戴著手套和短刀，包夾基德展開攻擊。以戰鬥技術來說，她們兩人是少女們之中的前兩名。基德穩當地以刀子搪開她們的猛攻，她們也在千鈞一髮之際閃避對手的反擊。

白髮少女當然卸下了巨大後背包應戰。卸下重擔的她，以暗藏鋼鐵的手套抵禦刀子。藍銀髮少女則是靈巧地揮舞短刀，趁著同伴擋下攻勢的空檔加以攻擊。

然而，她們還是開始節節敗退。

基德絲毫面不改色，甚至散發出樂在作戰的從容。儘管如此，少女們仍漸漸地轉攻為守。

「！」

眼見白髮少女發出低吟，其他少女立刻前來助她一臂之力。

趕來的黑髮少女再次釋放煙幕。

四周再度籠罩在煙霧之中，白髮少女和藍銀髮少女乘隙暫時撤退。

「真麻煩耶。」

基德喃喃地嘟噥。

他轉換目標，離開人質跑了起來。對象是黑髮少女。

黑髮少女急忙後退，卻被沒有因為路上滿是管線而減速的基德追上。

她在管線上滑了一跤。

「糟了……」

為自己的失態悲嘆，她墜落地面。

在墜落地點，基德早已握著刀在等她。

「妳逃不掉了。」

「……住手。」

黑髮少女硬擠似的出聲。她的眼中噙滿淚水，一屁股坐在地面上，狼狽地往後退。由於她為了自保扭動身體，使得凹凸有致的身材曲線更加醒目。

大概是在逃走的過程中，布在什麼地方被勾住了吧。衣服裂開，大腿露了出來。

每當她拖著臀部後退，布就跟著裂開，逐漸顯露出她嬌豔的美腿。

「別過來……不要過來……」

和總是勇猛的她相差甚遠的柔弱語氣。

「…………」

基德的反應十分冷淡。

「是向敵人獻媚的母狐狸的眼神呢。妳打算靠這招煽動男人的嗜虐心嗎？」

她倏地停止假哭。

「已經太遲了。」

無數鋼琴線包圍基德，向他襲來。有如蜘蛛網一般縝密的陷阱已徹底將他圍繞。

當然，如果是他，就有可能在被剁碎之前逃脫——

「——好極了。」

所以少女們準備了追擊手段。

從夜色中忽地現身的男人占領了頭頂上方。他手持刀子，闖入鋼琴線網唯一的出口。

那個男人，理應是連基德也無法忽視的人物。

「這一局是我贏了，基德——」

「妳以為我無法識破變裝嗎？」

沒有出現破綻。

基德完全沒有因為突然現身的假克勞斯產生動搖，迅速切斷鋼琴線。他冷靜地應付終究不及克勞斯本人的遲緩攻勢，抓住對方的手臂。

「唔……」

變裝成克勞斯的少女發出呻吟。

「妳的變裝很完美，不過那小子都是叫我『師父』喔。」

基德用力甩動假克勞斯的手臂，將她扔了出去。

少女被扔出去後，中途頭部摩擦到了地面，使得臉上的面具漸漸剝落。翻滾一陣後，她雖一度用手把自己撐起來，最後還是無力地倒下。

以參謀角色，沉靜地擬定「燈火」的作戰計畫的紅髮少女——「葛蕾特」脫隊。

「剩下五人。」

基德將紅髮少女拘束起來。

那個動作只花了短短幾秒，不夠黑髮少女逃跑。

基德用刀背毆打後退的少女的下顎。雖然感覺並未使勁敲打，少女仍因此昏厥倒下。

美麗成熟，優雅地將團隊集結起來的黑髮少女——「緹雅」脫隊。

「剩下四人。」

這時，身為戰鬥組的白髮少女和藍銀髮少女終於追了上來。

基德閃過兩名少女的攻擊後，跑上氣體槽，像在尋找下一個獵物地四處張望。

結果和躲起來窺探狀況的百合對上了眼。

「那兩個小鬼從剛才就一直追著我不放。」

他將刀尖指向百合。

「對我嗆聲的妳在做什麼？」

「…………」

百合邊跑邊偏頭。

此時此刻，不管是想法子、指揮、戰鬥，她把一切都交給了別人。

「……幫大家加油？」

「妳的個性還真不錯啊。」

沒辦法，人總是有適合和不適合做的事情。

雖然很想這麼主張，但是很不巧，她沒有時間。

基德似乎已將百合鎖定為下一個目標。他以好比從天而降的閃電般速度，逼近百合。

閃避不了。

他漂亮俐落的飛踢，眼看就要擊中她的肩膀——

「骨氣！」

——百合僅憑著一股氣勢，抓住那條腿。

當然，她所能做的並非只有替大家加油。她有著獨一無二的武器。

毒氣從她全身釋放出來！

「毒氣……？」

基德瞬間瞪大雙眼後閉上嘴巴。

「就是現在！」

百合緊抱住基德的腿大喊。

儘管隨後就會被甩開，但是她已完成了使命。

基德的身體搖搖晃晃。

擅長戰鬥的兩名少女展開第三次攻擊。白髮少女凜然地喊著「該給我去死了」撲上來，藍銀髮少女則傲慢地露出淺笑，伸出短刀。

勝負在一瞬間決定。

以與百合預想中相反的形式——

「剩下三人。」

首先，下顎遭刀背毆打的白髮少女倒下。

「剩下兩人。」

接著，被他的迴旋踢擊中的藍銀髮少女重重地撞上管線。

態度凜然，總是以天不怕地不怕的發言帶領團隊前進的白髮少女——「席薇亞」。

儘管傲慢，卻不斷以優秀表現做出成果的藍銀髮少女——「莫妮卡」。

兩名少女脫隊。

——開什麼玩笑啊。

百合再次拔腿奔跑。

目睹兩名同伴遭到毆打，她極為憤怒。不過更重要的是，她不會錯失這個千載難逢的機會。

她的毒不可能無效。

基德對百合投以佩服的目光。

「妳有特異體質是嗎？居然在這個麻痺毒氣中還能動。」

「不過你應該是無法動彈了！」

她下定決心，握著刀子衝向敵人。

可是，基德卻輕易地擋下百合的刀子。

動作毫不遲緩。

「不會吧……」百合愕然。「我的毒居然無效……」

這個她最拿手的毒，是曾經讓克勞斯也暫時動不了的毒。

為什麼基德能夠安然無恙？

「啊～的確有效喔。雖然我馬上就閉上嘴巴，不過坦白說還是相當難受。妳瞧，我的手指都麻了。」

基德揮手向百合展示，之後將手用力緊握。

「所以——妳以為光是這樣就能贏過我嗎？」

「百合前輩快逃！」

這時，一個說話聲從背後傳來。

一名淚眼汪汪的少女衝出來，從基德背後撲向他。

「趁小妹爭取時間的時候——」

「給我閉嘴。」

她話還沒說完，便也成了刀下的犧牲者。在那把神速的長刀面前，她連奮戰個幾秒都辦不到。

個性怯懦，比誰都還要有危機意識、愛操心的褐髮少女——「莎拉」悲慘地脫隊。

「剩下一人。」

要逃？還是對抗？

就連那瞬間的猶豫都足以致命。

在她的雙腿往前移動的瞬間，基德已經移動至她眼前。

拳頭深深地刺入百合的腹部。

「這麼一來就結束了。」他簡短地宣告。

這一個月來，她們非常努力地訓練。

訓練沒有背叛她們。她們確實變強了，能力水準比起一個月前有了飛躍性提昇。被克勞斯看重的才能大大地綻放。

可是——才短短一個月。

基德以間諜身分，在第一線存活了超過二十年。沒有一天怠惰訓練，累積下來的實戰經驗是少女們的幾十倍。

他不過是展現其成果罷了。

簡單來說就是——根本不是對手。

「剩下零人。」

嚴肅的宣告殘留耳畔。

百合無力癱倒。

克勞斯拔腿狂奔。

令他掛心的是剛才聽見的爆炸聲。

他懷著焦躁的情緒，盡可能快速地在研究所內奔馳。

——不可以著急。

——我不能再次失去同伴。

克勞斯踢破玻璃窗，一度衝出設施外。那裡是三樓。他拋出鐵絲，掛在相鄰的建築屋頂上，然後踢破窗戶、入侵內部。他並不喜歡這麼高調的移動方式，但是沒辦法，這是捷徑。

不曉得那群少女和一流的間諜交手，能夠撐得了多久？

不，敵人若只是一流間諜程度，那倒還好。

（假如正在和她們作戰的是那個男人……）

要營救她們，只能盡快行動。

一預想到最壞的可能性，雙腿便移動得更加快速。

可是，一道大門卻像是要阻撓他一般堵住走廊。金屬材質的門。克勞斯取出開鎖工具，跑到門前。可是，那扇門上卻沒有像是鑰匙孔的東西。

背後傳來低沉的說話聲。

「那扇門是打不開的。和你的開鎖技術無關，是因為那只是一道普通的牆壁。」

轉過身，一名中年男子站在那裡。從他的打扮來看，可以看得出來是熟練的情報員。他的身旁站了四名軍人。

看來又有新的阻礙出現了。

克勞斯試著踹門，門卻文風不動。從腳底傳來的震動來推測，這似乎真的是牆。

中年男子以誇耀的口吻說道：

「你想以最短路徑前往氣體槽保管場對吧？去救你的部下們。」

「哦，你知道我的個性嗎？」

「我聽某人說了。然後，你們的行動全都掌握在我們手中。」

不曉得有什麼好笑的，他高聲大笑。

「你的部下取得的地圖是假的。這裡是死路。」

「…………」

「居然到現在才發現這是圈套，真是愚蠢的男人。」

對方一副無奈地聳聳肩。

接著再度放聲大笑。

「真難看啊。」

男人的語氣十分刺耳。

「你也身兼教官對吧？你的學生實在太滑稽了，居然連我們帝國已掌握住一切都沒發現，還為了得到假情報一副沾沾自喜的模樣。她們大概覺得間諜遊戲很有趣吧。」

「…………」

「聽說你的那群學生，原本在培育機關是吊車尾的？你該不會作夢以為光憑幾個劣等生，就能騙過我們吧？」

「………………」

「為你自己的教導無方後悔吧。」

外觀仿造門的牆壁前沒有窗戶，完全是一條死路。

中年男子身旁的軍人同時將衝鋒槍朝向克勞斯。在空無一物的直線型走廊上，這是最具效果的武器。

他舉起右手，準備做出冷酷的宣言。

「好了，給我去死──」

「我沒時間陪你們玩。」

原本期待對方會洩露情報，然而男子吐出的全是無關緊要的惡言惡語，不值得理會。

中年男子和軍人站立的位置──腳邊噴出猛烈的火焰。

在封閉的走廊上被釋放出來的火焰充斥整個空間，讓男人們連逃的時間也沒有就被團團包圍。克勞斯則因為預先將距離拉到最大，並且把經過防火加工的西裝在身體前方展開，所以唯有他逃離那場爆炸衝擊波。

火焰一下便消失，但軍人們一個個失去意識。

只有把同伴當成擋箭牌的中年男子活了下來。身上著火的他一邊哀號，一邊狠瞪著克勞斯。

「你、你設了炸彈……？」

「我是故意掉入陷阱的。」

克勞斯重新穿上西裝，吐了口氣。實在太輕而易舉了。

中年男子一副不可置信地瞪大雙眼。

「太奇怪了……伊娃的線也是，為什麼你能夠察覺到陷阱……？」

「不自覺就──雖然也可以這樣回答，不過，總之我下了一點工夫。」

「區區小國的情報員竟然……」

男子開始後退。可是，他隨即就絆倒失去平衡。衝擊波似乎傷到了他的腳。

「就、就算逃得了這關，你終究還是死路一條。」

男子口沫橫飛地叫嚷。

「和你那群不成熟的部下，一起被『蒼蠅』殘殺吧！」

真有精神，居然都輸到這種地步了還能大聲嚷嚷。

可是，克勞斯沒有閒情逸致佩服那種戲言。

「不要亂吠。」

他取出一把武器，逼近男子。

「噫……」

「我不擅長接下來的工作。你可別觸怒我啊。」

男子的臉色瞬間變得慘白。

克勞斯取出的，是一把又粗又黑，而且鈍到無法一下就砍斷的──拷問用刀。

擊倒百合之後，基德「哎呀呀」地吁氣。

（也太輕而易舉了吧……竟然連幾分鐘都撐不了。）

不可思議。她們難道真的以為自己贏得了我嗎？明明連續襲擊克勞斯一個月都不成功，面對身為克勞斯師父的我怎麼可能會有勝算。

他朝著被自己打倒的少女們一一扔出手銬。手銬一碰到她們，便有如生物般纏住四肢，將她們拘束起來。雖然就算不綁起來她們大概也動不了，不過還是以防萬一。

正當他準備朝百合扔出手銬時，通訊器響了。

『「蒼蠅」，你那邊情況如何？』

是來自同伴的呼叫。

一邊對不習慣的代號感到不快，他用手指轉動手銬。

「大致結束了。我讓大半的入侵者失去行動能力，正在綑綁中。」

『你果然有一套。』

「找到克勞斯了嗎？」

『大約五分鐘前，同伴在B棟發現他，但是好像被他給逃了。同伴受到威脅，將情報全部說出來的可能性很高。』

基德瞪大雙眼。

他事前有吩咐同伴要逐一報告潛入中的克勞斯的動向，不料克勞斯的動作比預想中快上許多。單憑負責守衛的軍人們似乎還是解決不了他。

（離他抵達這裡剩下七分鐘……不對，恐怕只有五分鐘。）

儘管他有自信就算遭遇攻擊也不會輸，但世上沒有比驕傲自滿更危險的東西了。

基德非常清楚他的實力和才能。

「……看來我得快點讓所有人無法動彈才行。」

基德將手銬扔向最後一名倒地的少女。

「喝呀！」

那副手銬被彈開了。

望向該處，只見一名少女正瞪著自己。

銀髮少女──其他同伴好像稱呼她為百合。

「訂正……還是剩下一人啊。」

更改倒數的數字，基德對少女開口。

「不要抵抗。妳應該一動身體就會發出哀號。」

基德準確地擊中了她的肝臟。只要碰撞到一個點，血液就會聚集到肝臟，一口氣奪走全身的體力。如果在虛脫狀態下勉強移動身體，將會帶給肌肉非常大的負擔。

「……你不殺死我們嗎？」

「啊？我才不會那麼做呢。」

基德微微揮手。

「別擔心。我不打算立刻殺了妳們，妳就安心地睡吧。」

「——既然如此，那我更不能睡著了。」

語畢——

百合開始搖搖晃晃地站起來。她大大地晃動上半身，慢慢地伸直腿想要起身。中途雖然跌倒了，但是她不氣餒地又再度試著站起來。

「妳為什麼要起來？就憑妳打不贏我。」

「我知道你的目標是誰了……」

百合露出潔白的牙齒。

「是老師對吧？從一開始，你的目標就是……」

「嗯，答對了。」

基德為她送上掌聲。

這不是在挖苦她，而是由衷的讚美。

「妳說得沒錯。對帝國來說，這是和生化武器同等重要的事項。」

當然，將成為最強遏止力的「地獄人偶」也被嚴格下令必須死守。在帝國的政治家眼裡，軍力是支撐權力的力量。儘管戰爭本身的效率很差，然而暗示、威脅敵國將發起戰爭的行為如今十分受到重視。

可是，對情報機關來說，還有比生化武器更具威脅性的存在——

「我就告訴妳吧，其實在『火焰』毀滅那一天，去執行其他任務的那小子本來也應該要死的。」

當天克勞斯之所以會在別的地方，並不是因為基德大發慈悲。

唯有那個男人必須個別設下陷阱，才能殺死他——不僅如此，他恐怕還會把「火焰」的成員救出來。是基於這樣的判斷。

「但是他卻活下來了。而且還擊敗了好幾名帝國的間諜。在帝國看來，他是最優先的抹殺對象。」

即使身處任何人都確定能夠暗殺成功的狀況，那個男人依舊活了下來。

簡直不是人類。雖然克勞斯總是喊基德是「怪物」，但是在基德眼中，克勞斯更是異於常人。

是對帝國而言過於危險的人物。

「但是，一切就要結束了。身為師父的我敢如此斷言。就算是克勞斯，這次他也必死無疑。」

他們為此做好了萬無一失的準備。

基德朝著空中開槍。槍聲響徹夜空。這個聲音應該也會傳入克勞斯耳裡。

「那小子聽到槍聲或爆炸聲後會趕來這裡。在七名同伴被挾為人質的狀況下，前來挑戰我。面對在戰鬥這方面絕對贏不了的對手，他將在不利條件下勇敢地對抗——然後喪命。」

聽了他的說明，百合笑了。

「哈哈，他真的會來嗎……？搞不好，他會拋下我們幾個——」

「那個笨徒弟會來的。」

唯獨這一點——

身為師父的他敢篤定地說：

「絕對不會拋下同伴。不顧一切地豁出去，突破所有陷阱，無論如何都一定要趕到同伴身邊——我徒弟就是那樣的男人。」

即使身處爾虞我詐的世界，也絕不扭曲自己的正義。

與其拋棄少女活下來，他寧願選擇賭上自己的性命，以救人為優先。

「說得也是喔～啊哈哈，我大概懂你說的。他感覺一定會來呢。」

百合喘著氣仰望天空。

「——然後，他一定會為了保護我們而死。」

「他太替同伴著想了。只要攻擊這個弱點，就能成功拿下那個男人。」

「唔哇，這下沒救了～老師如果來了，老師會沒命；老師如果不來，就換成我們會被殺。令人絕望！」

少女「嘿嘿」地綻放笑容。

「如果是這樣，果然還是得由我來對抗你才行。」

說完——

百合顫抖著雙腿，拚命地起身。

「既然老師來這裡會被殺死，那麼我就得在那之前把你打倒。」

「妳應該已經察覺這是不可能的吧？」

基德輕輕擲出手中的刀子。

百合雖然彈開了那把刀，卻因為失去平衡再度倒下。她的雙腿似乎還沒恢復力氣。

「妳明明毫無勝算，為什麼還要起身？」

他用鼻子哼笑。
笑聲中，對於看不見現實的少女的捨身攻擊，沒有讚揚她年輕氣盛的意思，有的只是嘲諷。
「因為舒適。」
百合喃喃地說。
「……什麼意思？」
「這就是我努力的原因啦。」
她在說話聲中施加力道。
「我想你大概不懂吧。每天大家一起為了打倒老師研擬作戰計畫的樂趣、在檢討會上彼此激烈爭吵的夜晚，還有為了一起生活的同伴們，想努力當個好隊長的熱情——背叛同伴的你，不可能理解這些。」
百合站起身，吐了口口水。
「你這人真是可悲。」
「…………………」
可能是想挑釁吧。
她的眼中，流露出濃濃的輕蔑之情。
當然，基德並不會被這種程度的戲言所激怒。沒有必要把自暴自棄的間諜的不服輸話語一一聽進耳裡。

「可悲的是妳們。」

基德嗤之以鼻。

「妳說舒適？我想是吧。一群吊車尾聚在一起互舔傷口，還能夠住在豪華的洋房裡，想必妳們一定覺得很幸福，很想守護那樣的生活吧。但是啊，和樂融融到最後的結果，不就是全員被挾為人質、成為克勞斯的絆腳石嗎？」

妳難道還不明白嗎？他不悅地心想。

明明她們之所以會慘敗，都是無關痛癢的同伴意識所致。

他握緊一度收起的刀。

「一切都要結束了。」

利用刀背，他猛力毆打百合的腹部。速度快到百合完全來不及防禦。

她的背部撞上管線，口中吐出鮮血。

「給我看仔細了。看看和樂融融的吊車尾，還有為了同伴而死的男人的下場。」

「唔……」

百合以虛弱的聲音說道：

「老師，不可以……會被殺的……不要來…………」

「我就說那個男人會來的啦。」

無法拋下同伴，即使發覺自己贏不了敵人也不逃跑。身為間諜，卻比起任務更重視同伴的性命、笨拙得致命的男人。

接到通知到現在，差不多已經過五分鐘了。

那個男人該不會放著可憐的少女不管，在哪裡閒逛吧？

或者是正在窺探情況。

「別再裝模作樣了，快點過來……你這個該死的笨徒弟……」

居然讓這麼弱小的少女獨自作戰。

「反正你一定就在附近吧？快點過來……你的敵人在這裡！」

基德非常憤怒。

那個男人——那個我撿回來撫養長大的男人，有這麼愚鈍嗎？

「殺死你家人的男人在這裡！」

基德以震動黑夜的音量大喊。

「你應該超越的師父在這裡！」

再度高聲呼叫。

「你的學生有性命危險啊！」

聲音被桶槽反彈，產生回音。

可是，沒有聽見除此以外的聲音。

無論是高傲的說話聲，還是悄悄接近的腳步聲。

好奇怪。

明明早就已經過了五分鐘——

「——為什麼那小子沒有出現？」

「基德先生，我問你……」

百合低聲開口。

基德俯視少女。

然後，不由得背脊發寒。

少女臉上含淚的表情消失了，露出彷彿宣告壽命的死神般，令人毛骨悚然的冷漠眼神。

想不通。

如果克勞斯來了，克勞斯就會死。

如果克勞斯不來，少女就會死。

對她們而言，這應該是無比絕望的處境才對——

「——我該陪你玩這場遊戲到什麼時候？」

然而為何少女——卻在笑呢？

這時，通訊器中傳出說話聲。

『——好極了。』

不可能聽錯。

那是從第一通訊室——也就是研究室旁邊的房間傳來的聲音。

克勞斯沒有去救少女們，而是以任務為優先。

執行任務前，誓師大會的夜晚——

克勞斯在解散後，把百合叫到房間來。見到她不知為何紅了臉頰，他發覺少女誤會了，但因為嫌麻煩，決定當作沒看到。

然後這麼告訴她。

「我想把最危險的一件工作交給妳。」

百合滿臉困惑，雖然又一如往常地一下表現出得意忘形的態度、一下做出滑稽的發言，最後還是「只要是為了同伴好，我非常樂意接受」地應允。

儘管那份純粹的同伴愛也讓人感到危險，但這正是她的魅力之一。

懷著對那樣的她的期待，克勞斯小聲地說：

「我們恐怕正受到帝國暗中監視。」

「咦？」

「我『提前先告訴妳』，其實陽炎宮內的對話遭到了竊聽，我們的動向恐怕大致都被帝國掌握住了。妳們所收集到的情報，是敵人預先準備好的假情報，就算現在馬上燒掉也沒關係。」

「呃，那我們之前那麼努力有意義嗎？」

「沒有。」

「居然說得這麼斬釘截鐵！」

百合沮喪地垂下肩膀。

看起來受到相當大的打擊。

「嚴格來說，就憑不成熟的妳們一個月的努力，是贏不了一流間諜的。況且還是在我草率的指導之下。」

克勞斯肯定她們的成長。可是，原本在培育機關險些遭到淘汰的她們，不可能一下子就達到足以和一流間諜們競爭的水準。唯獨這一點無計可施。

百合難過地抱頭。

「你說得很對，可是現在再跟我說這些也沒用啊……」

「但是，那樣就好。我們要假裝不知情，潛入研究所。」

「那樣要怎麼拿回生化武器？」

「以為我們一無所知的敵人，大概會對我設下陷阱吧。只要能夠事先預想到這一點，就有辦法應對。我會擊敗來接觸我的敵人，反過來奪取情報。」

「這樣老師感覺好辛苦……」

雖是事實，不過也沒辦法。

所幸，這一個月來他持續受到少女們的陷阱攻擊，可以說做足了暖身運動。

「我希望妳們去欺騙某個敵人。」

「嗯，意思是要聲東擊西嗎？」

「沒錯——佯裝弱者，乘隙下手。這才是妳們真正的任務。」

說到底，克勞斯集結她們、訓練她們的理由，可以一言蔽之。

那就是——若「那個男人」是叛徒，他無法獨力完成任務。

「嗯～雖然我不是很明白。」

克勞斯敘述完作戰計畫的詳情後，百合用手指抵著臉頰，微微偏頭。

裝模作樣的做作姿勢。

「換句話說，只要把這一個月鍛鍊出來的謊言、努力和團隊情誼，全部砸在暗中嘲笑、瞧不起我們的帝國間諜的鼻尖上，狠狠地給對方一擊，然後烙下一句活該就好嗎？」

她彎曲嘴角。

「總覺得——應該會非常痛快耶。」

正因為她頑強又膽大包天，所以值得信賴。

克勞斯以真摯而堅定的語氣說：

「騙倒敵人吧。展現我們爾虞我詐的成果。」

『你聽得見嗎，師父……？好久不見了。』

徒弟的聲音傳來。

看著通訊器上亮起的燈，基德知道訊息是從哪裡發出。

（第一通訊室……？）

那間通訊室，位在生化武器所在的研究所南端旁，距離基德所處的地方很遠。那裡似乎被克勞斯壓制住了。

『跟你報告一聲，生化武器已經在我手裡了。』

克勞斯以一如記憶中缺乏情感的淡然語氣說道。

得知是第一通訊室的瞬間，基德便已料到這個事實，所以並不驚訝。

令他疑惑的是，這個男人沒有來救少女們，反而前往研究室的這個事實。

「沒想到你居然會不顧同伴的性命，以任務為優先。真是嚇我一跳。」

他坦率地陳述感想。

基德一直以為克勞斯會毫不猶豫地來這裡。

出乎意料——但是，還在可以應對的範圍內。

「限你五分鐘內來我這裡。你要是不來，我就依序殺死少女們。」

到頭來，只要少女的性命還在自己手上，情勢就不會改變。

克勞斯一定會來，然後死去。

『不——』

克勞斯回應。

『——我不去。』

「啥？」

不禁懷疑自己的耳朵。

怪聲脫口而出。

『任務已經達成，我要直接回去了。反正就算趕過去，我也無法靠戰鬥打贏你，還是優先保住自己的性命要緊。』

像是要結束話家常一樣。

克勞斯淡淡地說明。

『什麼「學生的危機」、「敵人是叛徒」，還有「理應已死去的師父」之類的，我很佩服你能夠安排這麼多花招，不過很可惜，我不會和你作戰。』

「……你說什麼？」

『保護生化武器和殺害我這兩件事你都失敗了。就只是這樣而已。』

如果對方是一般的間諜，做出這樣的判斷十分正確。應該要捨棄同伴，以達成任務為重。

然而，對方是絕對不會下此結論的男人——

克勞斯不會拋下同伴。正因為如此，基德才會安排這項計畫。

「不要讓我說第二遍。給我在五分鐘內到設施西邊來。你要是不來，我就殺死少女們。」

『不要讓我說第二遍。我不去。』

「你要對少女——對同伴見死不救嗎？」

『正是。』

「帝國會毫不遲疑地對她們嚴刑拷問喔。」

『我建議毆打腹部。』

到了令人毛骨悚然的地步。

他那副不慌不忙的態度是怎麼回事？

為什麼他在同伴有性命危險的狀況下，還能夠表現得如此從容？

冷汗滑過背部。

部下竊聽了陽炎宮內的對話。共同生活的第四天，克勞斯對少女發誓「我不會讓妳們死的」。那個約定難道是謊言？難道他欺騙少女，將她們送入絕境？

不——這個男人絕對不會做出這樣的決定。

比誰都了解克勞斯的自己敢如此斷言。

『只不過，師父，有一件事情你完全誤會了。』

「嗯？」

混亂之中，克勞斯的話猶如水滲入乾燥土壤一般進入腦中。

『我早就料想到「火焰」的成員中有人是叛徒。雖然我很訝異那個人居然是你，不過我早就確信是某人的背叛使得「火焰」毀滅。』

「你又沒有證據，你是怎麼知道的？」

『不自覺就察覺到了。』

「……我都忘記你有多無能了。」

『若是硬要講一個理由，大概是因為我發現了你安裝的竊聽器吧。再說，「火焰」的優秀間諜們要全滅，也只能想到內部有叛徒這個可能性。』

他早就發現有竊聽器了？

這也就代表著——

『所以，我們的行動全是以「叛徒在竊聽」為前提。』

「所有行動……」

『比方說有這樣的規定──「特殊能力一定要在陽炎宮外使用」。』

基德赫然想起。

據負責竊聽的部下所言，少女們一開始來到洋房時十分困惑。

因為「守則㉗ 外出時要拿出真本事」這個古怪的句子。

『你之前應該並不曉得其中一名少女會用毒。』

「……！」

『沒錯，你看似已經掌握住少女們的能力，但其實你根本一無所知。就算是你，也不可能知道「培育學校的機密天才」。』

克勞斯大聲說道。

像是在高聲誇耀自身優越一般。

『也就是說，我根本不需要過去。我可以斬釘截鐵地說，你將會輸給少女們。』

「啊？」

『即使是你也贏不了。她們是一群超越我的天才。』

完全無法理解他的發言。

克勞斯要拋下少女們。少女們將打倒基德。

亂七八糟。聽起來根本就是夢話。

視野中，百合臉上洋溢著從容的笑意。

「……哈哈，看來已經爭取完時間了。」

「爭取時間……？」

「差不多是時候認真拿出真本事了。在共和國沉睡的奇才——百合即將覺醒。」

一副自己先前偷懶、沒有發揮全力的口氣。

少女再次試圖站起身。儘管她已被打倒了好幾次。

那份強烈的執念究竟是從何而來？

「……什麼『培育學校的機密天才』。我之所以不知道妳，單純只是因為妳是吊車尾吧？成績優秀者的資料我全都瞭若指掌。」

「才、才沒有那回事呢……」

她一副就是吊車尾的樣子。

克勞斯的話八成是謊言。怎麼可能會有七個超越他的怪物。

（……但是，我不明白。這個少女明明沒有勝算，為什麼笨徒弟不來救她呢？）

莫非他想要手段？不，他肯定有計謀。

但是——他以為區區奇招贏得了自己嗎？

「第二通訊室……」基德和別間通訊室聯繫：「克勞斯的訊息是從第一通訊室發出的沒錯吧？」

『是的，沒錯。克勞斯將通訊兵打昏，占領了第一通訊室。我們有趕到房間前查看，結果沒有發現他移動的跡象。』

駐守在通訊室的情報員回答。

『克勞斯……人在距離您很遠的地方。』

「這是怎麼一回事……」

沒有救援。實力差距之大，並非小花招所能填補。

可能性有兩個。

一，百合是連基德都不知道的迪恩共和國的機密天才。

二，克勞斯真的要對少女們見死不救。

前者不可能。交手過就知道了，雖然其實力有部分值得認同，但還是缺點一堆。

既然如此，難道是後者？可是，那個一向重視、堅持保護同伴到底的男人會這麼做？

「難道那個笨徒弟……變了……？變得不會去幫助同伴——」

「——我才不需要幫忙呢。」

打斷基德的話。

百合冷冷地微笑道。

「你到底要把我誤認為終究需要別人來拯救的公主角色到什麼時候？我可是囂張、強悍又帥氣的美少女隊長喔！」

她氣勢十足地以雙腿站立。

「我在『燈火』這支團隊裡，找到了讓我這個吊車尾也能盛開的方法。所以，我要以隊長的身分，讓你好好見識我們所有成員的實力！」

堅定的語氣。

即使置身走投無路的處境，雙眸仍洋溢著堅強的意志。

「吊車尾少得意忘形了……」

「要是瞧不起人，小心下場會很慘喔。」

百合大大地展開雙臂。

「代號『花園』——狂亂綻放的時間到了。」

她以讓人懷疑「間諜這麼做好嗎？」的大方態度報上名號。

變化十分顯著。

彷彿花朵綻放一般，物體「啵啵啵」地從她的身體冒出來。

「泡泡——？」

基德低吟。

從百合的身體釋放出來的，是大量的泡泡。

下襬、衣領、鈕釦的縫隙、裙子底下。

泡泡從衣服的所有縫隙中冒出，散落在百合的周圍。掉在地面上的泡泡沒有一下就迸裂，而是像纏住似的一一附著在管線和桶槽上。

光看就讓人退避三舍，看似帶有毒性的紫色。

百合的泡泡發出「啵啵啵」不悅耳的聲響，不斷擴散。

一轉眼，周圍一帶全都被她的泡泡所覆蓋。

「這個嘛，畢竟我的毒氣也一度被老師所破解啊。」

「啊？」

「費時一個月終於達到的新境界。這是運用我的特異體質打造出來的毒泡喔。」

特異體質——基德已親身體驗過這一點。

她即使身處強力的麻痺毒氣中，也能自由自在地活動。

即使是如果不立刻做出反應就會有危險的毒，她也能泰然自若地行動。

她對毒有抵抗力。

百合微微吐舌。

「這個毒泡——你覺得威力有多強大呢？」

百合以哼歌般輕快的口吻詢問。

果然是有毒的泡泡啊。

基德後退，觀察不斷增多的泡泡。

（應該有一部分是虛張聲勢吧……）

他冷靜地做出判斷。

對方沒有必要特意提起自己的特異體質。

（……但是，假如這個毒有一擊斃命的威力呢？）

他不是害怕。間諜本來就該時時預想所有可能發生的情況。

百合在來歷不明的泡泡圍繞下，露出挑釁的笑容。

不見懼色。

儘管承認雙方實力有差距，卻不期待克勞斯的援助，反而擺明了想展開攻擊。

莫非她真的是天才，不是吊車尾？

在孤立無援的情況下，真的有人能夠表現得如此從容不迫嗎？

思索一瞬後，他下定決心。

「笨徒弟，你還聽得見吧？」

『怎麼樣？』

「我想你應該看不到，現在還能動的少女只剩下百合。」

『這樣戰力就夠充分了。』

克勞斯的聲音中流露出自信。

（好奇怪……）

這時，基德才真正開始感到焦躁。

（雖然很不甘心，不過他說得沒錯……我並不知道她的耐受力有多高……）

如果是其他間諜，不管怎樣他都能保持從容。

若是迪恩共和國的間諜，或是培育機關的成績優秀者，那些人的資料他全都一清二楚。除此之外，身為男性的基德對於男間諜培育機關的問題兒童的情報也有耳聞，可以想像得到對方會使出何種戰略。

唯一的盲點是——女間諜培育學校的劣等生。

「不，無所謂……管他什麼計策，只要正面破解就好。」

即使是情報不足的艱險處境，一路以來他也都順利熬過了。

基德放掉全身的力氣，等待百合出招。

把她當成人質，逼克勞斯出面——只要這樣就好。

對方似乎也已下定決心。她在被泡泡纏繞的狀態下……

下個瞬間——

——百合拔腿狂奔。

使出她的全力。

比起速度本身，她的氣勢更令基德繃緊神經。

將可怕的泡泡像盔甲一樣包覆全身，朝這裡逼近。

披散長髮，大聲吼叫，從正面衝過來。

「咦？」

然後發出這樣的怪聲。

「太慢了！」

基德最後導出的結論，是使出讓對手什麼也做不了的最快攻擊。

百合沒有注意到基德已拉近雙方的距離。她什麼也看不見。基德朝斜前方跨步，讓對方誤判彼此之間的距離。

甚至沒有給她抵抗的時間。

他鑽過泡泡、通過她身旁，用刀子確實擊中百合的背部。

「唔！」

她大概也已到達極限了。可以感覺到她逐漸虛脫無力。

在膽大包天這方面足以和一流間諜並駕齊驅的銀髮少女——「百合」脫隊。

「剩下零人。」

這下打倒所有人了。

確定自己已破解對手的計謀，他揮揮刀，收進鞘中。

這時，他忽然見到手背上有泡泡。看來似乎沒能徹底避開。

基德反射性地將泡泡甩開，然而皮膚毫無變化。不會疼痛，也沒有起疹子。

感覺就只是普通的泡泡。

「……說有毒是騙人的嗎？還是晚點才會生效？」

無論如何，似乎都不是劇毒。

傻眼的他環顧四周，地上倒著七名少女。

放眼望去，他發現少女們的髮色各不相同——灰桃、紅、黑、白、藍銀、褐、銀。可以理解百合為何以「彩虹」做比喻，因為正好就是七種顏色。

看著慘敗的少女，基德揚起嘴角。

「克勞斯，這下少女們全滅——」

他沒能把話說完。

——突然間，頭頂上方有影子逼近！

「——！」

上方的管線掉落下來。

似乎是戰鬥帶來的震動，讓螺栓鬆脫了。

他立刻跳向後方。

——是受到百合的泡泡影響嗎？

儘管發生的時機非常湊巧，但是理性隨即予以否定。

——不對，這是偶然發生的意外。

應該只是碰巧吧，他心想。只是接連發生的巧合。

至少並不存在於他的知識中。

基德並不知道有少女能夠預見意外。

（況且，這種程度的麻煩——）

我能夠應付自如——基德已遠離管線掉落的地點。

這時，有東西動了。

百合製造出來的一堆泡泡——在視野的一端晃動。

反應慢了半拍。因為正在跳躍，所以無法閃避。

某個東西衝向基德的背部。

劇痛傳來。

「啊——？」

鮮血從口中噴出。背部像著火似的灼熱。

百合還倒在地上。其他六名少女不可能動得了。

發生什麼事了？

他忍著痛，望向後方。

在那裡的，是從「基德以為有毒的泡泡中」忽然出現的白刃——

「不幸……」

以及一名金髮少女。

她握著刀，確實刺入基德的背部。

擁有人偶般美貌的少女，以帶著憂鬱氣息的雙眸望著他。

「第一次合作，就負責如此殘酷的工作呢……」

不可能發生的景象。

基德再一次茫然地環顧周遭。

研究所西邊的保管場裡，倒臥著七名少女。他沒有看錯。

假使真有可能——

「第八人……？」

白髮少女扛來的巨大後背包——是躲在那裡面嗎？之後，又潛伏在百合製造出來的泡泡後方。

然而，即使腦袋可以理解，他仍舊無法接受。

在陽炎宮裡，克勞斯不是叫了好幾次「妳們七人」嗎？少女們不總是說「我們七人」嗎？剛才百合不也一臉自豪地誇耀「彩虹也是七色」嗎？

少女們應該是七人才對——

這時，第一通訊室再次傳來訊息。

『有一件事我沒有告訴你，』

冰冷的語氣。

『其實還有一條守則是「八名少女要以七人的身分生活」。』

「啊……？」

『反正你應該全都推測出來了，我就特別跟你介紹一下成員吧。

第一人，喧鬧的銀髮，總是吵吵嚷嚷的麻煩製造者——百合。

第二人，凜然的白髮，和百合要好、說話毒辣的特攻隊長——席薇亞。

第三人，怯懦的褐髮，總是以「小妹」自稱、愛操心的正常人——莎拉。

第四人，優雅的黑髮，擅長色誘、團隊實質上真正的隊長——緹雅。

第五人，沉靜的紅髮，以文雅口吻稱呼我「老大」的參謀——葛蕾特。

第六人，傲慢的藍銀髮，第一人稱是「在下」的天才王牌——莫妮卡。

第七人，純真的灰桃髮，第一人稱是「本小姐」、天真爛漫的療癒角色——安妮特。

第八人，淡然的金髮，因意外而晚來會合、一開始受到孤立的——愛爾娜。

我雖然一直說「妳們七人」，但是少女其實有八人喔。』

這是以遭到竊聽為前提所設下的圈套。

假使有親眼確認，就能一眼看出有八人，但是光憑說話聲，很難分辨八名少女的聲音。

「竟然編出……一個又一個的謊言……」

克勞斯和少女們的相遇是謊言，他對少女們的誓詞是謊言，少女們的爾虞我詐是謊言，生活是謊言，百合的凜凜氣勢是謊言，毒泡也是謊言——所有的一切，都是為了掩藏這一擊。

終於明白了。

她們從來不曾想過要打贏基德。

純粹只為了一擊，耗費一整個月的時間。

明白了，卻也為時已晚。

鮮血從背部噴出。

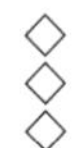

望著漸漸倒下的基德，百合握緊拳頭。

純真而由衷地感到興奮、雀躍。

（作戰成功……！）

八名少女以七人身分生活這件事——是克勞斯設下最大規模的陷阱。

「陽炎宮共同生活　守則㉖　七人合力生活」。

起初，少女們無法從這句話的字面，理解其中的文意。因為百合抵達、克勞斯現身時，一共也才只有七名少女。感覺這只是一條幼稚的守則。

但是，陽炎宮生活的第二天晚上，她們明白了。

因為一再遇到交通意外，抵達時間大幅延遲的愛爾娜到了。

八名少女被迫過著「七人」生活。

——假使同一空間內有八名少女，最少有一人不得說話。

——盡力不用名字稱呼同伴。

團隊全員共同編織出一個謊言。

這些全是為了利用竊聽所設下的圈套。

（雖然大致上表現得只能說差強人意啦……）

百合暗自竊笑，展開下一個行動。

愛爾娜把手伸進基德懷裡，找到了鑰匙。

從她手中接過鑰匙，百合開始幫助被捕的少女脫困。受到拘束的少女們無人受傷。為此放心的同時，也再次對基德的高超技術感到佩服。能夠折磨敵人的身體而不造成半點傷害的技術，在間諜的世界裡受到尊崇。尤其是在恐嚇威脅的時候。

「好了，我們快逃吧！接下來就交給老師！」

眼見百合迅速釋放其他少女，愛爾娜一臉錯愕。

「妳剛才的氣勢到哪去了呢……」

「說到底，我們終究還是一群需要別人來拯救的公主！」

「好一個謎樣的團體呢！」

遇到「火焰」的叛徒時，少女們的職責是絆住對方。取得生化武器這件事，則是完全交由克勞斯去進行。撇除場面話和漂亮話，她心裡其實很想快點離開這種恐怖的地方。

百合動作迅速地依序釋放少女，最後輪到了白髮少女，就在她腦中閃過「乾脆趁這個機會在她臉上塗鴉好了」的念頭時——

「小心後面呢！」

愛爾娜的尖叫聲傳來。

她勉強避開朝自己飛來的刀子。百合用來綁頭髮的緞帶被切斷。

愛爾娜的危機感知能力實在驚人。她的人生一路走來都是如此不幸嗎？

但是可以的話，真不希望見到眼前的事實。

基德已經站起來了。

雙眼像頭野獸般炯炯發光，反覆發出粗重的呼吸聲。

「愛爾娜明明有刺中他呢……」

「我在被刺中後挪了挪身體，用骨頭和肌肉擋下了刀……」他拭去口中流出的鮮血。「我稍微昏迷了一會兒。我得承認，我已經很久不曾如此狼狽了。」

愛爾娜在百合身旁緊咬嘴唇。百合沒有理由責怪她。要她別被一流間諜給騙了，這才真的不合理。

「你真是貨真價實的怪物啊……」

基德將頭髮往上撥。因為他的手上沾滿鮮血，頭髮也被染成了紅褐色，在風的吹拂下逐漸乾燥。被血染色硬化的髮型，震懾了少女們。

「大家快逃！」

百合此話一出，少女們立刻拔腿狂奔。

基德受了重傷，不可能動得了。她們做出這樣的判斷。

那副還很有精神的模樣——只是演技。

然而，那個推測並不正確。

「——！」

基德展現出與萬全狀態相比毫不遜色的敏捷身手。

跳躍的瞬間，他像在空中奔馳似的不停踢蹬管線，一轉眼就逼近少女們。他追到逃跑的少女們的頭頂上方，從右手擊出某樣東西。

是血。

他大大地揮動右手，像霰彈槍一樣地釋出鮮血。帶有黏性的血液，一旦跑進眼睛裡就很難去除，牽制效果十足。

他的目標是百合。彷彿可以聽見呼嘯風聲的踢擊朝她的臉逼近。白髮少女在千鈞一髮之際出手擋下那一招，但是沒能止住力道。白髮少女的身體撞上百合，兩人一起飛了出去，之後又牽連背後的兩名少女，一群人全被打倒在地上。

一記踢擊就讓四名少女悲慘倒地。

——太強了。

現在的基德，猶如一頭負傷的野獸。

令人束手無策。

「零點一秒。」基德豎起手指。「我的動作慢了零點一秒。這就是妳們的成果。」

只能算是誤差的數字。

用盡千方百計最後得到的，就只有這樣。

基德俯視還起不了身的少女們，用手槍指著她們。他似乎不在意少女們背後的氣體槽，大概是很肯定自己一定能打中少女們的身體吧。

就在基德褪去表情，將手指放在扳機上時——

「——好極了。」

冷淡卻堅定的說話聲傳來。

手槍被彈開。基德遠離了少女們。

方才他所在的地方——克勞斯輕快地降落在該處。

「老師！」百合發出歡呼。

克勞斯朝百合扔出公事包。

「這是生化武器。快帶著這個逃走。」

「你一個人拿到的對吧……」

「多虧有妳們幫忙絆住了師父。」

克勞斯背對少女們，瞪著基德。

「我有點事情要處理，妳們先走，然後以路徑四回國。別忘了要像在高原上猛然噴發的泉水般做好準備。」

「雖然不懂什麼意思，不過我明白了。」

百合趕緊確認其他少女的安危。

在此同時，克勞斯和基德則是上演了一場久別重逢。
「好久不見了，師父……」
「克勞斯……」
理應已經死別的師徒面對面，究竟會發展出什麼樣的對話？儘管好奇得不得了，但現在不是參觀的時候。
少女們朝研究所的腹地外跑去。
「我的部下做出了最棒的表現。」克勞斯的說話聲從背後傳來。「你的動作慢了零點一秒。」
語氣中滿是從容。
「我終於追上你了。」
對此，基德似乎滿腔激憤。
「克勞斯！」近似咆哮的吼聲大作。
百合在離去之際回頭，見到了那幅景象。
基德舉起手槍，朝克勞斯開槍。其速度之快，超越百合所能反應的程度。
「師父，很遺憾——」
克勞斯的嘴唇微微移動。

「就憑現在的你，根本不是我的對手。」

百合最後見到的，是基德展開四肢、在空中飛舞的光景。

甚至不曉得克勞斯做了什麼。

兩人之間超高水準的戰鬥，對她來說速度太快了。

可是，看樣子是克勞斯贏了。她自然而然地理解到這一點。

五分鐘後，少女們抵達研究所的牆壁，一邊躲避無數槍擊一邊逃了出去。

躲藏起來的少女們搭上事先準備好的卡車，混在貨物之中穿越國界。

就這樣，不可能任務成功落幕。

終章　喪失與再生

the room is a specialized institution of mission impossible
code name hanazono

不可能任務結束的一星期後——

「燈火」的少女們聚集在大廳裡，各自帶著大大的旅行袋。好幾人慌忙地打開行李，好幾人滿臉睏倦地打著呵欠。因為昨晚她們開派對直到深夜，所以才會沒睡飽。其中甚至有人還沒把物品全都收進袋子裡。

作為第一人，百合用力地將衣服塞進旅行袋，發現塞不下後，就開始把袋子裡的東西拿出來。看樣子，她好像裝太多不必要的東西在裡面了。她一拿出胡亂塞入的手槍，就神情愉悅地露出微笑。

「啊啊，一看到間諜工具就會想起來耶。想起我欺騙基德先生的那瞬間……啊啊，天才丑角百合就在那一刻誕生了。」

早就收拾完畢的白髮少女凜然指謫。

「不過，什麼七大罪的平衡云云，妳也掰得太隨便了吧。」

「妳很囉唆耶，憤怒負責人。」

「在我動手打妳之前，我先問妳，妳負責的是什麼？」

「貪婪、嫉妒、暴食、怠惰、傲慢這五樣。」

「這是哪門子的平衡啊！」

對於當時百合和基德的對話，所有少女都暗自吐嘈在心中。

雖說是欺騙基德的作戰策略，百合的發言也太亂來了。

儘管如此，策略奏效的確是事實，也難怪她的心情會這麼好了。

這時，有人冷靜地對那樣的她潑了冷水。

「不過話說回來，愛爾娜等人……根本就沒做什麼事呢……」

「唔，妳在胡說什麼啊！」

愛爾娜坐在快跟自己差不多高的行李箱上，兩條腿晃呀晃的。

「愛爾娜等人，就只是八個人一起潛入研究所的角落，給予一名敵人一擊後逃跑而已呢……」

「嗯，表現得超活躍呢。」

「老師卻是在那段期間打昏十二名守衛，然後假扮成軍人潛入、偷走鑰匙、打開三座金庫、勒索研究人員、搶奪生化武器、銷毀研究資料、讓四名敵方間諜失去戰鬥能力，最後還打倒愛爾娜等人應付不來的敵人呢。」

「……………………………」

百合花了一些時間咀嚼被告知的事實，之後突然睜大雙眼，大步走向愛爾娜——

「看我的！戳臉頰！」

「呢？」

——惱羞成怒。

「這是給壞心的愛爾娜的懲罰！」

「住、住搜呢！」

「喔，這個Q軟的觸感，原來愛爾娜真的存在啊。」

「這素當然的呢！」

「不，妳潛伏的時候實在太沒存在感了……莫非妳從世界上消失了？」

「太過分了呢！」

百合用食指同時戳弄愛爾娜的雙頰，確認她的存在。

眼見愛爾娜開始難受起來，其他少女們「不要欺負愛爾娜！」地撲向百合。百合執拗地繼續摸愛爾娜的臉頰，其他少女們動手要把百合拉開，身體不斷被搖來晃去的愛爾娜則放聲大喊。

「要、要是隨便接近愛爾娜，會……」

「唔喔，地板——！」

百合滑了一跤。

歪七扭八的地毯絆倒了她，結果同伴們也受到連累一起跌倒。愛爾娜坐著的行李箱扣鎖鬆開，裡面的東西在大廳裡散落一地。「不幸……」愛爾娜低喃。

百合把其他少女當成墊背，仰躺在眾人身上。

不顧他人「快閃開啦」的怨言，百合兀自眺望天花板。

「唉～」

發出嘆息似的聲音。

「這麼快樂的日子就要結束了啊～」

她們之所以收拾行李——是為了離別。

「正是如此。」

冷靜的說話聲傳來。

克勞斯坐在大廳角落的沙發上。

「『燈火』是為了完成不可能任務所組成的臨時團隊。這是任務達成後的解散，妳們應該要感到驕傲才對。」

少女們輕輕點頭。

她們是為了對付「火焰」的叛徒而組成的團隊。既然這項工作已經完成，自然就得面臨分離的命運。不成熟的少女沒有理由再繼續挑戰過度艱難的任務。

她們預計將回到各自的培育學校。下一次以間諜身分活動，不會是暫時畢業，而是正式取得畢業資格之後的事情。

「好了，時間差不多了。」

算準火車發車的時間，克勞斯說道。

道別的話，昨晚已經說完了。少女們整理好行裝，抱著旅行袋走向玄關。

少女們一個一個地向克勞斯道謝，然後走出門外。

克勞斯默默地目送少女們。

「……」

「嗯，怎麼了嗎？」

排在最後一個的百合，在意起克勞斯臉上的表情。他的嘴唇瞬間動了一下，一副有話想說的樣子。

「不，沒什麼。」他微微搖頭。「以後再在某處相見吧。」

「說得也是……雖然下次見面，一定是好幾年以後了。」

百合泛起淺笑。

「——但願我們能再在某處相見。」

克勞斯目送少女們離開後，獨自完成了「燈火」最後的工作。

他所前往的地方，是迪恩共和國的內閣府。從陽炎宮驅車兩小時，來到位於首都中心的不起眼建築。確認無人跟蹤後，他進入對外情報室。

西式房間裡，早已有一名頭髮斑白的男人在此等候。那人的身材細如枯枝，然而即使是退離第一線的現在，一雙眼睛仍如猛禽般炯炯發光。

沒有名字，只有C這個符號。

他是迪恩共和國的間諜頭子，國內的間諜團隊都是由他下達指示。

克勞斯對他進行口頭報告。

C聽完報告後，稱讚了一句「做得很好」。

「這麼一來，就能賣人情給軍方那些傢伙了。今後對外情報室行動起來也會容易許多。」

「我出任務不是為了內部鬥爭。」

「我不希望聽到你說這種話。畢竟擴大軍方的管理最終會為國民帶來和平。」

室長——克勞斯都是這麼稱呼C——只有嘴角浮現笑意。

「我來親自替你泡杯咖啡吧。」

「不用了。」

「別這麼說嘛，我最喜歡招待完成任務的部下了。」

不理會克勞斯的制止，室長把礦泉水倒進電熱水壺，開始煮沸熱水。

克勞斯帶著厭煩的情緒瞪著室長，他卻毫不在意地開始磨豆子。

於是克勞斯只好嘆口氣，聽從室長的話坐在沙發上。

室長泡咖啡的期間始終一言不發。細心沖好兩杯咖啡後，他在克勞斯的正對面坐下。

「首先，我要確認一件事。」

室長緩緩開口。

「你真的讓『燈火』解散了嗎？」

「如果是現在的她們，就算回到培育機關，想必也能夠大展長才。她們應該要接受優秀教官的諄諄教誨、悉心地受到栽培，而不是跟在不善教學的我身邊。」

克勞斯頷首，將剛泡好的咖啡含入口中。儘管味道如泥水，然而他並沒有表現在臉上。

「真是敗給你了。」

室長撫摸後頸。

「其實站在我的立場，我是希望『燈火』可以存續下去。你真的不重新考慮嗎？」

「這不可能。」

「這次的任務讓我確定了一件事，那就是肯定有人把本國的情報洩露給帝國。由不被他們放在眼裡的問題兒童組成的『燈火』，應該能夠成為對付帝國的王牌。」

那是因為你不曉得她們平常是什麼德性——克勞斯暗自傻眼地這麼想。

克勞斯雖然認同少女們的才能，但是不可否認的，她們並不穩定。尤其一鬆懈下來就會犯錯。

「我不能繼續強迫不成熟的少女們冒死執行任務。」

「可是，依這個國家的現況來看……」

「上頭自己犯了錯，卻把風險推給基層去承擔，這樣的做法並非長久之計。」

這麼做根本是不負責任。這次的任務，是因為上頭沒能察覺基德背叛，才由少女們幫忙解決。客觀地來看，這樣實在是相當丟臉。

先在培育機關培養實力，之後再挑戰艱鉅任務。這才是正常的順序。

見到克勞斯的態度始終冷淡，室長瞇起雙眼。

輕微的麻痺感在皮膚上竄流。

是不耐煩嗎？不對，應該是殺氣吧。
「……如果你要利用強權，那就請便。當然，我不會接受。」
「我明明什麼都還沒說。」
「你我同是間諜，想法相通。」
「……即使我派出全國的優秀間諜威脅你也是？」
室長往前探出身子，對他投以扎人的銳利目光。
操控這個國家所有間諜的男人，渾身散發出凌厲的氣勢。
「——你就試試看吧。」
克勞斯無意讓步。
即使要與全國同胞為敵，他也不打算改變心意。
他挺起胸膛，反瞪回去。
率先移開視線的人是室長。
「……已經失去『火焰』的現在，怎麼能連你的忠心也失去呢。」
室長露出笑容，津津有味地啜飲自己泡的難喝咖啡。
「真拿你沒辦法。這是保護她們最好的方式吧？」
「因為我很感謝她們。」

克勞斯也再次啜了一口咖啡。

「不過你大可放心，就算『燈火』解散了也毋須擔憂。對付帝國的任務，之後可以儘管交給我去辦。」

他一說完，室長不知為何神情不安地垂下肩膀。

「我想讓『燈火』存續下去，並不只是為了對付帝國。」

「什麼意思？」

室長像在緬懷過去一般，將視線落在咖啡杯上。

「從前『火焰』的老大經常跟我說，你對『火焰』稍微有依賴的傾向。」

「我只是深愛家人罷了。」

「她非常不安喔。一直很擔心假使哪天沒了『火焰』，你有沒有辦法獨立。」

克勞斯回想起老大的身影。

溫暖地接納基德撿到的克勞斯的人，是被稱為「紅爐」的溫柔女性。比起間諜的技術，她教導克勞斯更多的是道德。

「……簡直就像為了育兒問題而煩惱的母親在發牢騷。」

「實際上的確如此吧？」

「…………」

克勞斯不發一語，以沉默間接地肯定。

雖然不曉得她是怎麼想自己的，不過克勞斯一直把她當成母親看待。時而嚴厲、時而溫柔，是他心靈上的支柱。曾經與她共度的寧靜時光，至今仍留存在他腦海中。

可是——她消失了。

不，不只是她。連視為兄姊仰慕的其他同伴也——

「你還是休息一下比較好。」室長語氣溫和地這麼說。

「……………我沒辦法停下來。」

「好了，你就乖乖聽從這個命令吧。」

室長飲盡自己的咖啡後，從位子上站起來，把手搭在克勞斯的肩膀上。

那隻手是如此地沉重厚實。

「我讓你放一個月的假。現在的你看起來很憔悴。」

「那是當然的，畢竟我失去了家人。」

「不。」室長否定他的話。「你現在比那時更嚴重了。」

「…………」

一句話也沒能反駁，克勞斯默默地離開房間。

克勞斯從內閣府出來時已是深夜。

太陽西沉，月亮也被厚厚的雲所掩蓋。從郊外的紡織工廠冒出的煤煙融入空氣中，讓最近的夜晚更顯黑暗。婦孺自然不用說，一到晚上，甚至沒有男人在港口附近的街道上走動。他無意識地把這裡和帝國金碧輝煌的街景相比較，深切體會到帝國和迪恩共和國的國力差距，不禁大大地嘆息。

獨自一人。

他心不在焉地仰望陰霾的天空，踽踽獨行。

「…………！」

占據他腦袋的，是他與基德的離別。

取得生化武器、讓少女們逃跑之後，還剩下最後一件工作。

必須問出來才行。

為什麼基德要背叛「火焰」？為什麼成員非得被殺死不可？

就克勞斯所知，基德對「火焰」應該並無不滿。他和克勞斯一樣愛著這支團隊，把大家當成家人一樣看待。然而，為什麼——

克勞斯單膝跪在背部流出大量鮮血、趴倒在地的基德身旁，還沒出聲，基德就先用沙啞的聲音開口。

「幹得好啊，笨徒弟……」

「師父……」

為那虛弱的聲音產生罪惡感並不合理。

因為讓他身受重傷的正是自己。

「我好驚訝。」基德淺淺地微笑。「沒想到居然會被徒弟的徒弟給打敗。」

「這都要歸功於我完美的教學發揮了成效。」

「你少打腫臉充胖子了。」

本來想反駁，結果還是放棄了。

基德一直有在竊聽陽炎宮裡的對話，應該很清楚自己的教學有多粗糙。

「我知道你有多不善言辭和笨拙。想必你一定很努力吧？」

「努力的是少女們……不過打倒你之後，大家就要分開了。」

「要解散啊。你應該會很寂寞吧。」

「不，並不會。」克勞斯回答。「只要師父跟我來就沒問題。」

「啥？」基德神情錯愕地張開嘴巴。

克勞斯把手按在基德的頸根上，確認血流。

「就算是這樣的傷勢，只要現在馬上急救，師父一定可以得救。」

「你是認真的嗎？」

「那當然。師父，我們兩人一起讓『火焰』再度復活吧。」

他脫下西裝，取出藏在裡頭的針線。然後用刀子割破衣服，做成繃帶。

「你太天真了……」

基德用不可置信的眼神看著那幅景象。

「你是傻瓜嗎……克勞斯……你打算怎麼向上頭交代……？」

「我接獲的命令是奪回生化武器。既然任務達成了，他們就沒資格抱怨。」

「就算如此……」

「你是我所剩唯一的家人。」

縱使被罵徇私也無所謂。縱使受人譴責，也有必須優先保全的未來。

不過，那當然也得滿足最低限度的條件——

「所以，你得先告訴我。你為什麼要背叛？一切端看你的理由是什麼。」

克勞斯稍微用打火機燒針後，瞪著基德。

是將這支針插進他的喉嚨，還是縫合傷口，完全視他的回答而定。

「『蛇』。」

基德喃喃地說。

「那是帝國新成立的間諜團隊。那群傢伙毛骨悚然到讓人一見到就作嘔……」

「……是我沒聽過的團隊呢。」

「我被他們——」

「師父，你暫時先別說話。」

他打斷基德的話。

既然已經得知他有隱情，克勞斯決定先保住基德的性命。

「接下來我要進行簡單的手術。我知道你有理由了，剩下的等回去再——」

慢慢問你——他沒能把話說完。

一面向前方，就見到子彈迎面而來。

沒有殺氣，也沒有聲音。

就算是克勞斯，要在近乎漆黑的環境中進行縫合手術，也需要相當大的專注力。他被瀕死的師父分了心，沒能對瞄準自己眉心的子彈做出反應。

乘虛而入的完美奇襲。

——死亡。

當他意識到這一點，周圍隨即鮮血四濺。

紅色液體逐漸弄濕他全身。

「師父……？」

基德挺身擋住了他。

理解到他為自己擋下子彈的同時，克勞斯發現流過自己身體的液體是他的血。子彈命中了他的胸部。

基德的身體癱軟無力的瞬間，克勞斯的視野變得開闊。

在遠方的建築物屋頂上，有一個手持步槍的人影。

狙擊手轉過身，消失在夜色中。

克勞斯完全無心追上去。他按住基德的傷口，試圖止血。

想要保住眼前即將逝去的生命。

即使他很清楚一切已經太遲了——

基德低語。「——」

留下那句話後，他就再也沒有開口了。

回到陽炎宮時，理所當然，那裡一個人也沒有。

只有開門關門的聲音在洋房裡響起。

盤旋腦中的是「蛇」這支來歷不明的間諜團隊。克勞斯無意把一個月都拿來休息。他們是復仇的對象，況且他也有身為間諜的職責，必須著手調查才行。

可是，就在他準備踏上回自己房間的樓梯時，腳步卻停了下來。大概真如同室長所說的那樣，身上累積了過多疲勞吧。看來似乎有必要休息一會兒。

克勞斯前往大廳，坐在沙發上。

位在鐘擺時鐘下方，能夠望見整個房間的位子。

他好久沒有坐在這個位子上了。

當「火焰」的成員還在陽炎宮時，這裡是克勞斯的固定座位，他很喜歡窩在這裡打盹。搏命完成任務回來後，他總會來到這張沙發，放鬆心情。抬起頭，會見到老大親自泡紅茶，其中一名成員會烤費南雪蛋糕，基德會買乳酪蛋糕回來。大家一起談天說地，撫慰出任務的辛勞。

「火焰」消失，換成「燈火」的時代之後，大廳成了一個只是偶爾會經過的空間。當初或許應該要多跟她們相處才對。深夜，克勞斯來到大廳想要喝紅茶，總會見到少女們激烈地辯論。為了打倒他、為了盡可能提昇實力，她們時而互相爭執、時而互相激勵。儘管覺得她們連身為目標的自己進到大廳，從隔壁廚房的櫥櫃拿了茶葉後離開都沒發現很離譜，卻也對於隔天她們會展開何種襲擊滿懷期待。

若要細數回憶，那真是數也數不盡。

不只是和「火焰」相處的日子，和「燈火」共度的每一天也很不賴。

然而如今，他卻成了孤零零一人。

兩種生活他都失去了。

「好空虛啊……」

在從前歡笑聲不絕於耳的大廳裡，他獨自坐在沙發上。

這種椎心的感覺究竟是什麼？

計畫十分完美。

豐碩的功績，絲毫不辱基德封給他的「世界最強」這個稱號。

任務達成，沒有讓任何一個同伴死去，收拾掉毀滅「火焰」的叛徒。

就連不善教學這個缺點，也想方設法地克服了。

這無疑是其他人模仿不來的成果。

可是，為什麼內心會感到不滿足——

「這種——」

克勞斯自言自語。

「——這種結果真的是我想要的嗎？」

若是如此，這兩個月究竟有何意義？

正當他如此感嘆時——忽然發現一件事。

右臂動不了。

被綁住了？

鐵絲？什麼時候的事？

察覺事態異常時已來不及反應。

無數鐵絲從沙發後面延伸過來。脖子、腳、軀幹、額頭，鐵絲接連互相纏繞，讓他全身動彈不得。

就在他試圖掙脫時，發現槍口正對準自己。

手槍的包圍網瞄準了他。少女們從家具後方現身——

白髮少女和黑髮少女從左右拿槍對準他，褐髮少女瞄準腳，紅髮少女則瞄準了心臟。灰桃髮少女一臉愉快、藍銀髮少女神情冷漠地監視他的行動。金髮少女——愛爾娜不見人影，大概是在沙發後方坐鎮吧。

「終於逮到你了！」

銀髮少女——百合明明什麼也沒做，卻在克勞斯面前耀武揚威地挺起胸膛。

「妳們……不是應該回去培育學校……」

「那是在演戲。」

她若無其事地回應。

怎麼會改變心意呢？

她們明明這幾天在克勞斯的推薦下，一直在準備返回培育學校，昨晚甚至還剛開完解散派對。

「呵呵，終於獲得完全勝利了。這下非得要你答應我們的要求不可！」

「要求？」

「這還用問嗎——當然是讓『燈火』存續下去啦。」

百合這麼主張。

滿腹疑惑的他雖然想要歪頭，卻因為被鐵絲綁住而做不到。

「為什麼……？為什麼要提出和相遇時完全相反的要求——」

「沒錯，我是和相遇時完全相反的百合。」

她在臉前方比出V字形手勢。然後，她搖晃著豎起的兩根手指，一副好像很了不起地開始說明。

「哎呀呀，我們大家一起討論過了啦。我們覺得，事到如今與其回學校，畢業後加入陌生的間諜團隊，還是跟曾經一同出生入死的成員在一起比較好。」

「話是這麼說沒錯……」

受到語氣洋洋得意的百合的強勢壓制，克勞斯忍不住點頭。

儘管也不是不明白她的話，但還是有無法理解的部分。

「……特地騙我、把我綁起來，還用槍指著我，告訴我那個只要正常表達就好的要求，妳這麼做的理由是什麼？」

「延續之前的課程。」

「課程早就結束了。」

「那就是報復。」

「妳的個性真的很差呢。」

身為間諜，這樣的個性確實能夠成為武器，不過這名少女的性格實在太難纏了。

大概是對現狀感到滿意吧，百合笑容滿面。

「哼哼～你就算露出那種傻眼的表情也沒用啦，因為這次我們還挾持了人質。」

「人質？」

「你看下面。」

白髮少女瞬間放鬆鐵絲，讓他看看沙發底下。

沙發底下，不知何時擺了一張畫布。只要克勞斯稍微輕舉妄動，就會將畫布踩破。

「那是老師一直在畫的作品。你要是敢輕舉妄動，小心畫會破掉喔。」

「妳可真沒人性啊。」

「我變強了對吧？這都是託某人的福呢。」

百合伸手指向克勞斯。

「再多教我們一點啦——教導曾經是吊車尾的我們，如何才能大大地綻放開來。」

像是要接她的話一般，其他少女們也紛紛開口。

「因為和你一起訓練最有收穫了」、「本小姐也這麼覺得～」、「多虧了老師，第一次接近了自己的夢想呢」、「拜崇拜的『火焰』為師是我的理想」——

她們各自表達出對克勞斯的信賴。

浮現在克勞斯腦海中的，是基德的遺言。

「這次一定要守護到底。」

他留下這句話後就斷氣了。

克勞斯遵從他的命令，試圖讓少女們遠離任務，想要藉著把她們送回培育學校來保護她們。可是此時此刻，他明白自己做錯了。她們展現出自己身上所擁有的無數技術，讓克勞斯感受到她們的成長。

即使沒能指導她們任何事情，克勞斯依舊是一名教師——

既然如此，他該做何選擇呢？

「好了，老師！你準備好要『投降』了嗎？」

百合繼續一副不可一事世地叫喊。

「宣布『燈火』將存續下去、宣布投降，再順便將之前的積怨——」

「我問妳們——」克勞斯開口：「我該陪妳們玩這場遊戲到什麼時候？」

接著他用力掙脫少女們的拘束。

他趁著少女們放鬆警戒的瞬間，猛地拉扯鐵絲。少女原本固定不動的姿勢一下變得東倒西歪，其他少女也被胡亂飛舞的鐵絲摺倒在地，連開槍——雖然應該沒有真的填入子彈——的時間也沒有。當她們還在擔心會害到自己人而猶豫時，克勞斯利用鐵絲奪走了手槍。

手法不夠漂亮，不過以這次的情況來說也無可奈何。

對她們而言，這樣的手段似乎出乎預料。缺乏警戒。克勞斯一邊踐踏畫布，一邊應付所有人。她們的經驗尚嫌不足，只要今後好好鍛練即可。

腳下的畫布被狠狠撕裂。

「老、老師！有必要做到這樣嗎！居然連心愛的畫都狠心踐踏！」

「我剛才決定放棄執著於過去了。」

他乾脆地這麼回答。

當然，復仇的願望並不會輕易消失。可是，他找到了不一樣的道路。

因為復仇結束後的光景是空無一人的房子，這樣實在太寂寞了。

老大想必會原諒我吧。

師父，還有同伴們應該也都會認同我的做法。

「就憑妳們幾個，是當不了我的對手的。」克勞斯語氣輕快地說。

不值得為敵。

也不認為成得了對手。

但是，如果是成為其他存在——

人生總是充滿著諷刺。

在為了替同伴復仇而行動的日子裡，獲得了新的同伴。

克勞斯撿起破掉的畫，將部分已經乾透的顏料剝下來。然後在大廳的牆壁找到空白處，把剛才剝下來的顏料按壓上去，描繪出一條紅色、纖細、虛渺，卻強而有力的線條。

這樣就完成了。

端詳比較兩幅畫。

激烈地塗上紅色顏料，取名為「家人」——猶如熊熊火焰的畫。

以及，撕破那幅畫後重新描繪——尚如微弱燈火的畫。

「好極了——」

克勞斯緩緩地微笑。

新作品的名稱之後再取就好。

新同伴的畫作，被裝飾在從前和家人共度的空間裡。

後記

the room is a specialized institution of mission impossible
code name hanazono

幸會，我是此次獲得第三十二屆Fantasia大賞「大賞」的竹町。

我的投稿作品的題目是「間諜受到全校美少女的甜蜜誘惑」。後來經過反覆修正，才有了本作的誕生。

順道一提，投稿作品的情節概要和本作的情節概要之所以相差甚遠，是我和責任編輯互相討論的結果。責任編輯幫忙分析了投稿作品的優缺點，讓我修改成能夠符合「大賞」期待的樣子。假使有讀者為了當作今後參加Fantasia大賞的參考而購買本書，那麼請各位不用擔心。我絕對沒有發生被編輯部下毒，然後被脅迫修改的遭遇。如果是對方請我喝美味咖啡、籠絡我的記憶，那倒是有。

好奇投稿作品原本長什麼樣子的人，請務必到Fantasia大賞的官網上看看。我想，各位應該能夠感受得出修改時有多努力——努力的主要是責任編輯。

以下是謝辭。

首先是插畫家トマリ老師。非常感謝您為登場人物們所設計的造型，尤其克勞斯簡直帥到驚人。至於本集中沒有太多出場機會的少女們，為了襯托她們魅力十足的造型，下一集我會讓她們有更多機會亮相。

再來是在槍械設定上給予協助的アサウラ老師。承蒙您給不熟悉槍械的我許多建議，實在是感激不盡。謝謝您帶領我見識槍械的博大精深，今後我也會自己慢慢地學習。

然後是Fantasia大賞的評審老師們。非常感謝各位給予我「大賞」這份榮譽。如同先前所述，雖然本作的風格和投稿作品不太相同，但是在獲獎後伴隨而來的責任和使命感驅使下，我總算完成了許多修改。

最後是讀者們。感謝各位不嫌棄「間諜」這個在輕小說界少見的題材，願意支持本作。我想不久的將來就會推出續集，到時還請各位多多指教。

那麼，再見了。

竹町

歡迎來到實力至上主義的教室 1~11.5 待續

作者：衣笠彰梧　插畫：トモセシュンサク

一年，是一段能讓學生關係大有進展的時間——
全新校園默示錄，一年級生篇完結！

高度育成高中迎來最後的活動——畢業典禮。綾小路給予無法下定決心與哥哥做最後接觸的堀北建議，並開始著手對付月城代理理事長。面對制度，就以制度對抗——綾小路聯絡了坂柳理事長，並與一年Ａ班班導真嶋以及茶柱私下接觸、嘗試交涉……

各 **NT$200~250/HK$67~75**

約會大作戰 1~21 待續

作者：橘公司　插畫：つなこ

土道遇見不應存在的精靈少女——
最後的戰爭即將展開！

夜刀神十香消失後一年，曾身為精靈的少女們開始迎向未來。五河士道原本也以為自己會繼續一如往常的生活，直到他遇見不應存在的精靈少女——面對否定世界般毀滅世界的少女，現況卻是無法確定士道體內是否還存在著封印靈力的能力——

各 **NT$200~260/HK$55~87**

國家圖書館出版品預行編目資料

間諜教室. 1：「花園」百合/竹町作；曹茹蘋譯. --
初版. -- 臺北市：臺灣角川股份有限公司, 2021.03
面；　公分. -- (Kadokawa fantastic novels)
譯自：スパイ教室, 1.《花園》のリリィ
ISBN 978-986-524-291-6(平裝)

861.57　　110000953

Kadokawa
Fantastic
Novels

間諜教室 1

「花園」百合

（原著名：スパイ教室１《花園》のリリィ）

2021年3月29日　初版第1刷發行
2023年2月24日　初版第5刷發行

作　者：竹町
插　畫：トマリ
譯　者：曹茹蘋

發行人：岩崎剛人
總編輯：蔡佩芬
副總編輯：朱哲成
美術設計：莊捷寧
印　務：李明修（主任）、張加恩（主任）、張凱棋

發 行 所：台灣角川股份有限公司
地　址：104台北市中山區松江路223號3樓
電　話：（02）2515-3000
傳　真：（02）2515-0033
網　址：www.kadokawa.com.tw
劃撥帳戶：台灣角川股份有限公司
劃撥帳號：19487412
法律顧問：有澤法律事務所
製　版：尚騰印刷事業有限公司
ISBN：978-986-524-291-6